Die Legende vom goldenen Drachen

-:-:-:-

Lomason

Inhaltsverzeichnis

www.sternarium.ch

© 2022 Michael Ulmer

Buch und Cover:
Michael Ulmer

Herstellung und Verlag:
BoD - Books on Demand, Norderstedt

ISBN: 978-3-7534-5429-0

Die Legende vom Goldenen Drachen

Lomason

1. Prek der Seifenmacher

In den drachischen Lande gab es eine Legende.
Die Legende vom güldenen Drachen, der sich
im Zorn des Gerechten jenen entgegenstellt,
die Recht und Gerechtigkeit biegen und mit
Füssen trampelten. Diese Legende war die
Hoffnung der Schwachen und die Drohung der
Entrechteten. Trotzdem nahmen die Starken
und Mächtigen diese Erzählung – nun – eben als
Legende. Wissen wir doch alle, was Legenden
sind... - Taten sie es zu Unrecht?

Es geschah zu einer Zeit, als es viele Turbu-
lenzen gab in den drachischen Landen. Auf-
bruch herrschte – doch nicht überall. So gab es
jene, die taten, aber auch jene, denen es sehr
gut gefiel, wie alles noch zu Mutters Zeiten gewesen war. Es missachteten also dann die Auf-
gebrochenen die Befindlichkeiten der einen,

6

während diese wiederum alles klein redeten,
was erstere überhaupt veranlasste zu tun. In
solchen wirren Zeiten war es schlechterdings
schwer, einen wirklich neutralen Überblick zu
halten und Recht mit Gerechtigkeit in Einklang
zu bringen. So geschah Unrecht der Gerechtigkeit willen. Schliesslich kamen denn welche
darauf, dass wahres Recht nur dem gehören
kann, der Tatsachen schuf. Denn gegenüber
einer so vagen Idee wie Gerechtigkeit waren
Tatsachen, was jeder zu akzeptieren hatte.
Ein zu kurz gegriffener Gedanke vielleicht? Der
goldene Drache, gülden im Lichte der Morgensonne würde diesen im Zorne des Gerechten
schon strecken!

In der drachischen Kleinstadt Zaunheim lebte
einst ein einfacher Seifenmacher namens Prek.
Sein Geschäft war nicht gross, doch es liess
sich davon leben. Er produzierte in seiner
kleinen Werkstatt Seife für sich, für seine
Nachbarn, für das ganze übrige Kleinstädtchen

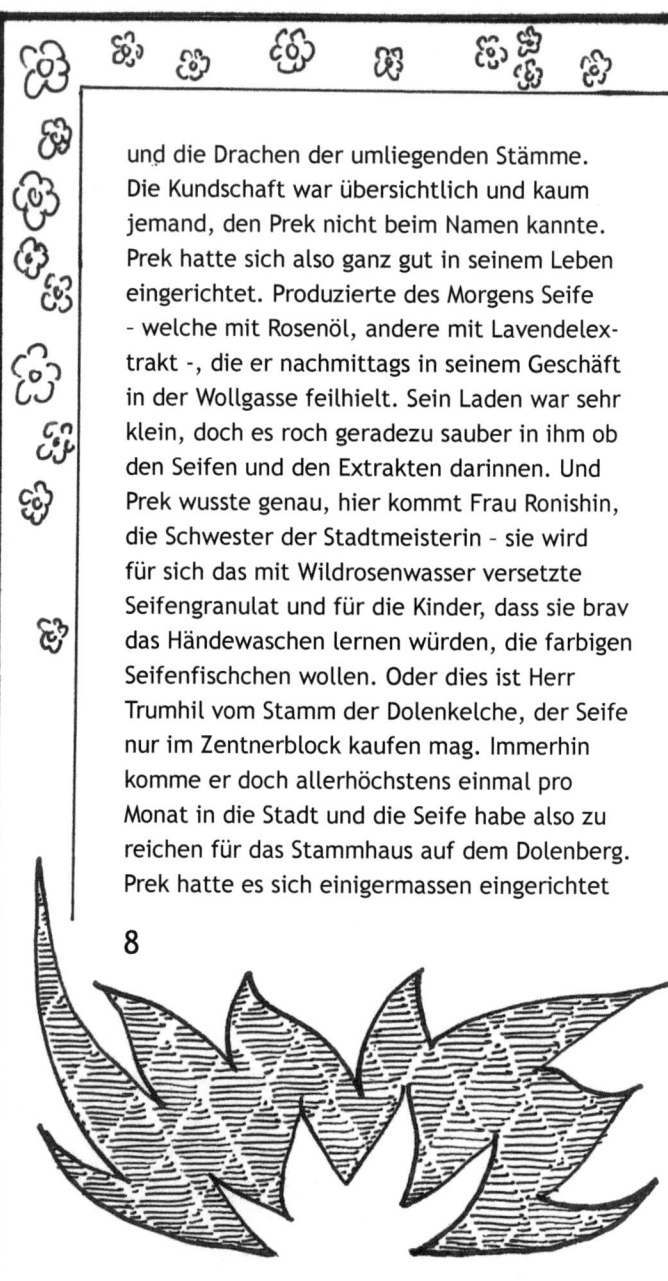

und die Drachen der umliegenden Stämme. Die Kundschaft war übersichtlich und kaum jemand, den Prek nicht beim Namen kannte. Prek hatte sich also ganz gut in seinem Leben eingerichtet. Produzierte des Morgens Seife – welche mit Rosenöl, andere mit Lavendelextrakt -, die er nachmittags in seinem Geschäft in der Wollgasse feilhielt. Sein Laden war sehr klein, doch es roch geradezu sauber in ihm ob den Seifen und den Extrakten darinnen. Und Prek wusste genau, hier kommt Frau Ronishin, die Schwester der Stadtmeisterin – sie wird für sich das mit Wildrosenwasser versetzte Seifengranulat und für die Kinder, dass sie brav das Händewaschen lernen würden, die farbigen Seifenfischchen wollen. Oder dies ist Herr Trumhil vom Stamm der Dolenkelche, der Seife nur im Zentnerblock kaufen mag. Immerhin komme er doch allerhöchstens einmal pro Monat in die Stadt und die Seife habe also zu reichen für das Stammhaus auf dem Dolenberg. Prek hatte es sich einigermassen eingerichtet

8

in seinem Leben. Er war froh, seine Nische zu
haben, ab von all den Konflikten der Tagespolitik, um so sich um all diese Dinge zu kümmern,
die ihm als wichtig erschienen. Ambitionen
hatte er kaum; bedeuteten Ambitionen doch,
notgedrungen einem anderen Drachen auf die
Füsse stehen zu müssen früher oder später.
Dies wäre für Preks Gerechtigkeitssinn nicht
akzeptabel gewesen. So wollte er sich nicht
benehmen. Dann also lieber einen beschei-
denen, beschaulichen und friedlichen Alltag,
den er aber so abwechslungsreich zu gestal-
ten wusste, dass kein Kunde sich beschweren
würde, nicht die passende Seife für seinen
Geschmack zu finden. Und gleichzeitig war die
Arbeit für Prek überschaubar und liess sich in
guter Zeit erledigen. Preks Leben wäre sicher
ein solch ruhiges geblieben, wären nicht jene
Ereignisse passiert, welche nun mal das Ge-
schick der ganzen Stadt Zaunheim bestimmen
wollten und welche nun die Bürger dieser Stadt
in Aufruhr versetzten mussten.

2. Aufruhr in Zaunheim

Doch alles der Reihe nach: Angefangen hat es ganz unscheinbar. Schon zur Zeit des Vorgängers der nun amtierenden Stadtmeisterin war Zaunheim einem Händlerbund beigetreten. Die zwei grossen Handelshäuser der Stadt hatten darauf gedrängt, da sie so zu besseren Zollkonditionen in den anderen Städten des Bundes kommen konnten. Warum also nicht, entschied der damalige Stadtmeister – er stammte selber aus einer alteingesessener Handelsfamilie, wie übrigens auch die derzeitige Stadtmeisterin. Da diese Familien früh erkannten, wie wichtig die Position des Stadtmeisters für ihre Geschäfte war, hatten sie sich stehts bemüht darum, jemanden der ihren in diesem Amt zu wissen. Dies konnte zwar in russigen Spelunken der Schmiedegasse zu murrigem Gemurmel führen, doch die Mehrzahl der Bürger der Stadt, die ja

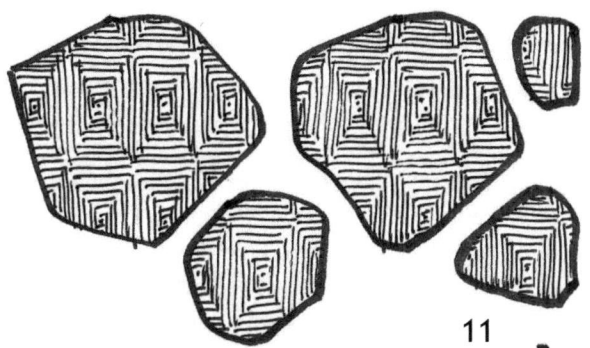

ihren Stadtmeister wählten, sahen dem eher
indifferent zu. Gute Geschäfte für die Handelshäuser musste ja nicht zwingend zum Nachteil
der Stadt sein. Was bei diesen Bürgern aber des
Weiteren unbedacht blieb (und dem damaligen
Stadtmeister offenkundig vollkommen egal),
war, dass nun auch viele auswärtige Händler
bessere Zollkonditionen in Zaunheim hatten.
Dies führte zwar zu volleren Markttage, aber
auch zu leereren Kassen des produzierenden
Gewerbes. Gerade die Schmiedegasse wurde
dadurch noch schäbiger, da die Gesellen viel
härter und länger schuften mussten um mit
ihren Eisenwaren noch gerade aufs gleiche
Einkommen zu kommen. Tatsächlich führte
dieser Entscheid des Stadtmeisters dazu, dass
sich der Wohlstand in der Stadt viel ungleich-
mässiger verteilte. Während die Handelshäuser
reicher wurden und auch immer unverschämter
tiefe Preise beim Ankauf von Waren verlangen
konnten, zerlumpte das produktive Gewerbe
zunehmend. Auch gab es offenkundige Abspra-

chen im Händlerbund, so dass Ressourcenan-
kauf teurer wurde, die Produkte jedoch billiger
zu verkaufen waren. Kein Händler war mehr
bereit, bessere Konditionen zu gewähren. Dies
führte zu grossem Aufruhr in den produzierenden Gassen und schliesslich zur Abwahl des
damaligen Stadtmeisters. Aus eher dubiosen
Gründen wurde dann jedoch von den Bürgern der Stadt nicht ein Schmiedemeister aus
der russigen Gasse ins Amt gewählt, sondern
wiederum eine Handelsgesellin. Dies deshalb,
da die Handelshäuser geschickt dafür sorgten,
dass die Leute überzeugt wurden, dass die
Zerlumpung des Gewerbes der Stadt nur von
jemandem aus der Handelsriege rückgängig zu
machen sei. Und die dann zur Stadtmeisterin
gewählte Gesellin wusste sich so in Szene zu
setzten, dass der Anschein geweckt wurde, sie
wäre als Einzige und Zuvorderst in der Position
im Handelsbunde bessere Bedingungen für die
Stadt zu erwirken.

12

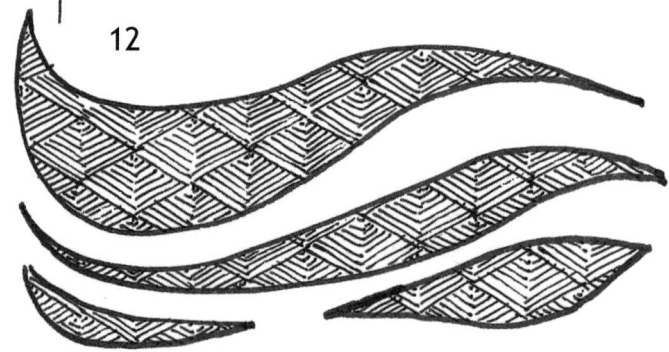

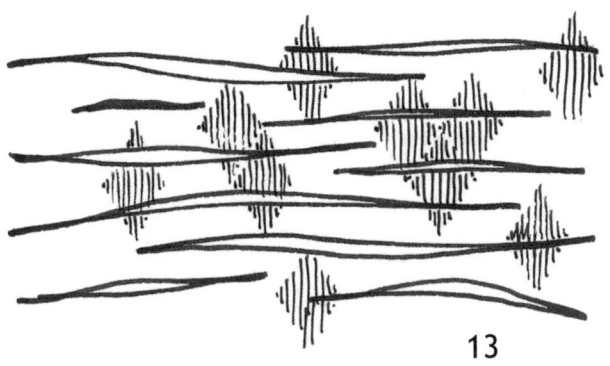

Dies geschah natürlich nicht. Alles blieb beim
Alten. Nur die Stadtmeisterin verhielt sich
anders als ihr Vorgänger. Setzte sich besser
zur Schau, ging für alle sichtbar am Markttag
auf die als die ruchlosesten Händler geltenden
zu, um sie öffentlich zu schelten. Abends dann
dinierte sie im Heimlichen genau mit diesen
Leuten, doch die Bürger der Stadt dachten, sie
würde sich tatsächlich fürs Gemeinwohl und
nicht bloss für die Interessen der Handelsriege
einsetzten. Wer würde schon eine derartige
Würdenträgerin für so furchtlos Falsch und
Doppelzüngig halten? Also akzeptierten sogar
die Schmiedegesellen die Rede, als die Stadtmeisterin ihnen erklärte, dass ihr Elend deshalb zustande käme, weil die Schmiedegesellen
in der Erzstadt halt einfach besser und härter
arbeiteten und somit für tiefere Preise ihre Eisenwaren den Händlern verkaufen können. Und
es ei ja doch auch gut für die Stadt, dass die
Preise für Eisenwaren gesunken seien. Denn so
blieben diese notwendigen Produkte auch gera-

de für die ärmere Bevölkerung erschwinglich. Unter dem Strich, es war also nicht die Gier der reichen Händler, nicht die Falschheit dieser Leute, sondern es wären diejenigen Schuld, die zwar hart arbeiteten, aber eben nicht hart genug, dass sie zerlumpten. Und hätten sie noch die Frechheit den wirklichen Preis für ihre Arbeit zu verlangen, dann wären sie die Unsolidarischen mit den anderen Zerlumpten. So hat sich die Stadtmeisterin ihre Rede im Interesse der Handelsriege wohl durchdacht und so platziert, dass sie auf wenig Widerspruch stiess. Denn der Händlerbund konnte an den Wirkstätten der wissenden Zünfte hochangesehene Meister für diesen Schabernack gewinnen, die nun und natürlich nach grosszügiger Spende durch eben jenen Händlerbund, intellektuelle Rückendeckung gaben. Anstelle also, dass diese Meister wirklich denken würden, mischten sie sich so in die politische Debatte ein, dass sie begannen, Meinungen zu qualifizieren. Dies sei statthaft und brauchbar für eine gesunde, dra-

14

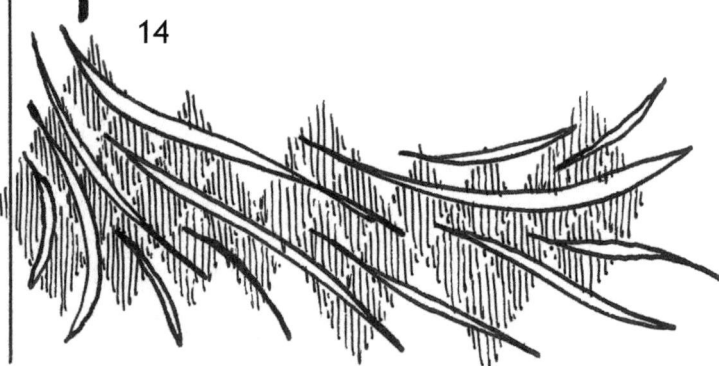

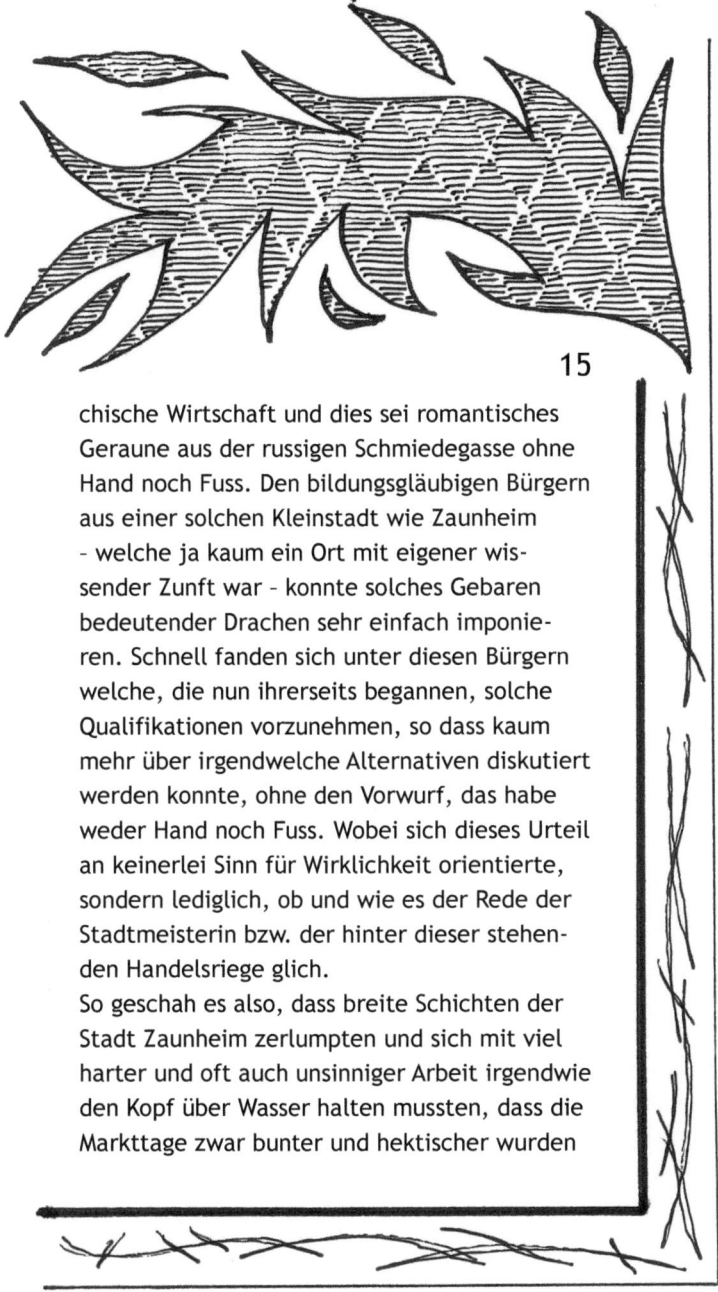

chische Wirtschaft und dies sei romantisches
Geraune aus der russigen Schmiedegasse ohne
Hand noch Fuss. Den bildungsgläubigen Bürgern
aus einer solchen Kleinstadt wie Zaunheim
– welche ja kaum ein Ort mit eigener wissender Zunft war – konnte solches Gebaren
bedeutender Drachen sehr einfach imponie-
ren. Schnell fanden sich unter diesen Bürgern
welche, die nun ihrerseits begannen, solche
Qualifikationen vorzunehmen, so dass kaum
mehr über irgendwelche Alternativen diskutiert
werden konnte, ohne den Vorwurf, das habe
weder Hand noch Fuss. Wobei sich dieses Urteil
an keinerlei Sinn für Wirklichkeit orientierte,
sondern lediglich, ob und wie es der Rede der
Stadtmeisterin bzw. der hinter dieser stehen-
den Handelsriege glich.
So geschah es also, dass breite Schichten der
Stadt Zaunheim zerlumpten und sich mit viel
harter und oft auch unsinniger Arbeit irgendwie
den Kopf über Wasser halten mussten, dass die
Markttage zwar bunter und hektischer wurden

und die Händler unverschämt reicher, doch das Leben in der Stadt auch härter. Plötzlich gab es so etwas wie Kriminalität. Die Stadtwache musste ihr Effektiv aufstocken und regelmässiger patrouillieren. Es kam immer wieder zu derben Prügeleien auch am helllichten Tag und generell war das gesellschaftliche Klima der Stadt vergiftet. Dem allem lag eine tiefe Hoffnungslosigkeit zugrunde ob der ganzen scheinbaren Alternativlosigkeit der Herrschenden, die fortdauernd das Recht so anpassten, dass ihr ungerechtes Handeln auch Alternativlos blieb. Und so konnte dem einfachen, drachischen Gemüte der Zerlumpten nichts übrigbleiben, als an einen güldenen Drachen zu glauben; dass er komme im Lichte der aufgehenden Sonne und im Zorne des Gerechten jene vertreiben würde, die wirklich Schuld am Elend hätten.

Prek gehörte zu jenen zerlumpten Gestallten. Zwar hatte er einst die Wünsche seiner Kunden von deren Augen abgelesen, doch seit es Seife

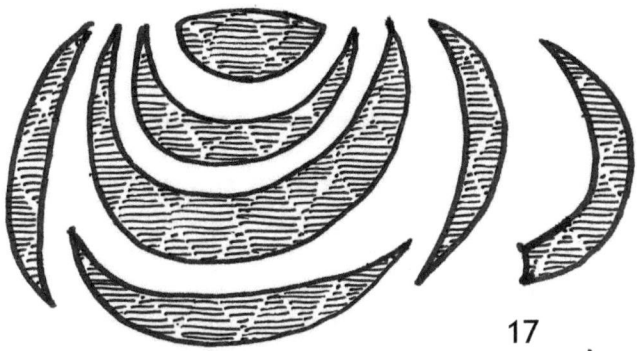

aus Blütenhain und auch aus Wiesenberg gab,
die kaum teurer waren als die Grundmateri-
alien, die Prek für seine Produktion zu erstehen
hatte, lief sein Geschäft nicht mehr wirklich.
Wer wollte denn noch überteuerte Seife erstehen, wo jene aus Blütenhain, zwar alle in
derselben Form und Farbe, doch in 15 verschiedenen Geruchsrichtungen, zu kaufen war? Und
dies zur Hälfte des Preises. Zumal Prek gewisse
Seifenprodukte nicht mehr selber herstellen
konnte, da die Zutaten zu teuer wurden und
der Erlös zu unsicher. Es war ein Teufelskreis,
bei dem erst Prek und dann eigentlich auch
seine Kunden verloren. Prek hatte bald keine
Zeit mehr, spezielle Wünsche zu erfüllen wie
z.B. das Seifengranulat, welches die Schwester der Stadtmeisterin so mochte. Erstens
war das Wildrosenwasser zu teuer geworden
und zweitens arbeitete Prek neuerdings jeden
Morgen im städtischen Salzhaus, wo er Säcke
schleppte. Und zweimal des Nachmittags half
Prek auch noch in der Gärtnerei vor der Stadt

aus. Auf diese Weise konnte er zumindest ein bisschen ein Einkommen erwirtschaften, denn von der Seifenproduktion war nicht mehr zu leben.

Natürlich war die Schwester der Stadtmeisterin düpiert, als sie erfuhr, dass ihr Seifengranulat bei Prek nicht mehr zu kaufen wäre. Prek klagte ihr zwar sein Leid, doch wie ihre Schwester, wollte auch diese grundsätzlich die Schuld dafür bei Prek sehen. Das sei halt der Markt. Und wenn er nicht einfallsreich sei, dann würden halt die Kunden weggehen.

Tatsächlich käme Herr Trumhil vom Stamm der Dolenkelche schon lange nicht mehr in seinen Laden, meinte Prek leise, das Zentner Seife wäre immer ein guter finanzieller Zustupf gewesen.

Dann müsse er es halt anders reinholen, meinte die hochnäsige Drächin schnippisch, und wenn hier nicht mehr Seifengranulat zu kaufen sei, müsse sie halt in Zukunft ihre Seife woanders besorgen.

18

So als ob sie dies für ihre Kinder nicht schon
lange getan hätte, dachte Prek bei sich. Ihm
war durchaus klar, was ihm das Geschäft ver-
mieste, doch wie war es zu ändern? Kam er an,
alleine gegen ein ganzer Händlerbund? Mit den
finanziellen Mittel, die diesem zur Verfügung
stand? Wenn nur der goldene Drache käme und
endlich für Recht und Ordnung sorgen könnte!
Dass wieder alles so sein könnte wie früher.
Ja, Prek gab sich gerne in diesen Tagen solchen
Träumereien hin. Was blieb ihm in seinem
Elend auch anderes übrig?
Doch waren es mehr als Träumereien? Gab es
denn nicht Kunde hie und da, hinter vorge-
haltener Hand, er wäre es tatsächlich gewesen? Wie er dort oder hinter jenem Orte für
Gerechtigkeit gesorgt habe? Was war nur davon
zu halten? Also knirschte man mit den Zähnen.
Machte die Faust im Verborgenen und fügte
sich in all die hektischen Arbeiten, die des
Tages zu erledigen waren; so dass kaum mehr
Zeit für etwas anderes blieb.

3. Die Sorgen der Händler

Die Händler der Stadt waren sehr zufrieden mit der Entwicklung, welche Zaunheim genommen hatte, seit sie dem Händlerbund angehörte. Die Stadtmeisterin kam nicht umhin, solch einen Erfolg auch anzupreisen. Sie liess dafür extra ein ganzes Gremium von sogenannten Experten aus verschiedenen, namhaften Wirkstätten der wissenden Zünfte von weitherum bekannten Städten anreisen, damit diese den Drachen in Zaunheim erklären würden, wie positiv die Stadt sich doch entwickelt habe. Genau genommen stimmte dies überhaupt nicht – die Stadt war anonymer und gefährlicher geworden – abends trauten sich gewisse Bürger kaum noch auf die Strasse – und die grosse Mehrheit der Einwohner schufteten wie verrückt um nicht vollends zu verlumpen. Doch diese Fakten waren gar nicht Teil der Betrach-

20

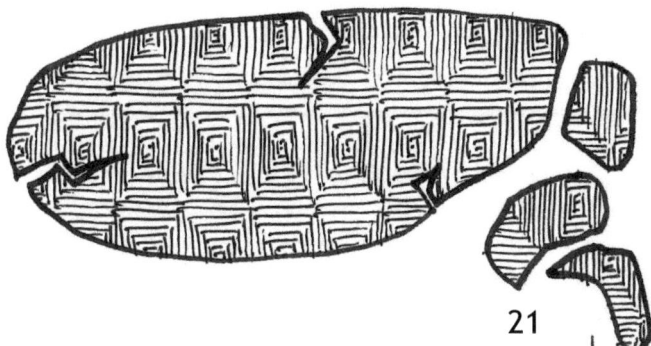

tungen, welche diese Experten anstellten. Sie gaben nur sehr abstrakte Zahlenbilder, die überdies alles über einen Kamm scherten und so zeigen konnten, dass nicht nur die Produktivität der Stadt gesteigert worden sei, sondern auch der Wohlstand. Dass dieser Wohlstand relativ wenigen gehörte, während die anderen darbten, davon kam kein Wort. Und dämmerte leise Kritik in dieser Richtung auf – woher auch immer – dann hatte es selbstverständlich weder Hand noch Fuss. Es war nunmal einfach so, dass Reiche immer reicher würden. Neid sei da einfach fehl am Platz. Die Stadtmeisterin und die ihr rhetorisch den Rücken stärkenden Meister der wissenden Zünfte konnten ohne Bedenken ihre doppelzüngigen Moralpredigten halten, indem sie berechtigte Kritik als Neid abstempelten um die Gier der Handelsriege weiter laufen zu lassen. Und dabei blieben sie grundsätzlich unwidersprochen, denn diejenigen, die da wären zum Denken, taten es nicht – hingen sie nicht alle am Tropf des Handels-

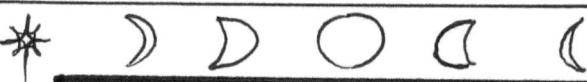

bundes? Doch wer so vehement aufgehört hatte
zu denken, der verlernte es irgendwann und
vermeintliches Wissen der wissenden Zünfte, welches ihr Können darstellte, verkam zu
reinen, kraftlosen Worthülsen. Kein Wunder
zersetzten sich diese Zünfte zunehmend selbst,
wo immer sie nur noch dem Geld oder der
Macht nachschwatzten.

Auf der anderen Seite waren die einfachen
Drachen. Die, welche vielleicht nicht wirklich
gebildet, nicht besonders geschult waren im
Denken. Nie wirklich herausragten mit Intel-
ligenz und logischem Verständnis, die aber
instinktiv und deutlich fühlten, dass da etwas
überhaupt nicht stimmen konnte, dass sich die
Wirklichkeit – die sinnenfällige Wirklichkeit!
– gänzlich anders verhielt, als in den ihnen
vorgesetzten Worthülsen. Dass ihnen eben
nur noch Worthülsen zur Welterklärung zum
Besten gegeben würden und dass darinnen
keine Gedanken mehr enthalten waren. Diese
Instinkte, auf die sich diese Drachen schon im-

22

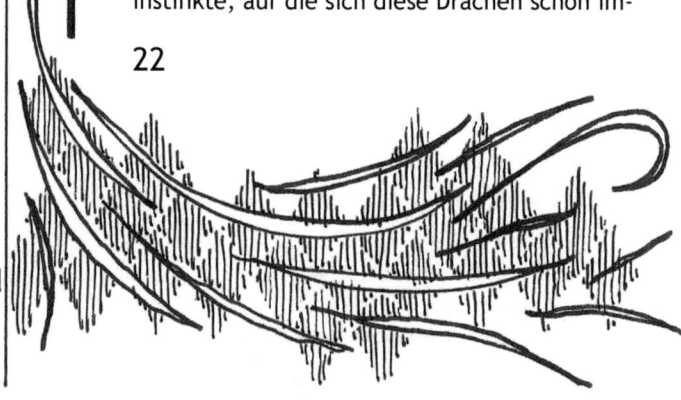

mer verlassen konnten, waren es, welche den einfachen Bürger der Stadt vor Augen führte, dass trotz Recht es nicht weit her war mit Gerechtigkeit in Zaunheim. Kam es da nicht gelegen, munkelte so mancher Geselle, dass es eine Legende des güldenen Drachen gebe, - so eine Träumerei, worauf die Massen hoffen würden - um den Reichen und Mächtigen das Fürchten zu lernen? War es am Ende ein mieser, fieser Plan eben dieser, die Drachen mit solchen Träumereien zu paralysieren, wo sie doch einfach aufzustehen hätten als Masse um diesen Mächtigen zu zeigen, wo der Hammer hängt? Ja, so wurde gemunkelt und gemurrt, was jedoch den Willen, tatsächlich etwas zu tun auch nicht sonderlich veränderte. Spielt es denn eine Rolle, ob man auf eine Drachen- masse oder einen güldenen Helden hofft, der für einen selbst ins Recht treten würde, wenn währenddessen am Ende weiterhin die Faust im Versteckten gemacht wird und des Tags die hektische Arbeit weitergeht?

Also, die Klügeren unter den russigen Gesellen probten durchaus den Aufstand. Doch ob den Zerwürfnissen über Nichtigkeiten wurde regelmässig nicht viel draus. Tatsächlich, es stellte sich immer als sehr einfach heraus, sich im Negativen zu vereinigen und gegen etwas zu sein. Doch sobald auch nur in einem Moment ein Positives in sein Recht zu treten hatte, gingen die Zerwürfnisse unerbittlich los. Darauf konnten die Händler wirklich setzten. Zumal sich überdies die von ihnen angeregte, alles immer in ihrem Sinne qualifizierende Haltung sich schon so in die Köpfe eingefressen hatte, dass also auch diese Gesellen schon so dachten. Tatsächlich dachten die meisten im Grunde schon wie die Stadtmeisterin selbst, wenn es um Lösungen ging. Es wäre also wohl gar nie wirklich etwas anders geworden, geschweige denn besser, hätte 'die Masse' Erfolg gehabt und russige Gesellen in irgendwelche relevanten Ämter gehievt. Die selbsternannten Rädelsführer waren nämlich am Ende kaum

weniger Doppelzüngig wie die Stadtmeisterin
selbst. Dies sah Prek ein und so war es wirklich
zum Verzweifeln für ihn. Die Träumereien für
einen goldenen Drachen nahm für Bürger wie
Prek nun schon fast religiöse Züge an. Wo war
er denn nur, der güldene Erlöser?

Die Welt war nun aber für die Händler auch
nicht nur rosig. Ihre Gier entpuppte sich als
grenzenlos. Auch, weil von aussen ja keine
Grenzen mehr gesetzt waren. Hinzu kam, dass
sich spezielle wissende Zünfte bildeten, deren
eitler Zweck darin bestand, genau diese Gier
als einzig wirklich objektive Macht in der Welt
zu lobpreisen und so als die allem zugrunde
liegende Kraft zu deuten. Es gelte also geradezu, die Gier zu veredeln und noch rück-
sichtsloser anzuwenden. Dabei sollte natürlich
schon zugesehen werden, worauf sich die Gier
bezog. Aber wie auch immer diese, aufrechten
Drachen unwürdige Haltung, schöngeredet
wurde, sie diente lediglich dazu, riesigen Spe-

kulationen Tür und Tor zu eröffnen. Gewaltige Luftblasen entstanden im gierigen Handel zwischen den Häusern. So wurde z.B. Waren verkauft, die es noch gar nicht gab gegen Gold, welches gar nicht im Beutel war. Doch dies spielte zunehmend gar keine Rolle, denn ein findiger Buchhalter schrieb es in sein Buch und solange keine der Händler ihre gegenseitige Schuld wirklich einforderte, würde es auch gar nicht zum Debakel kommen. Das Ganze war natürlich ein Schneeballsystem. Doch eben, ein schöngeredetes und von wissenden Zünften abgesegnetes. Nicht desto Trotz, es gab noch eine Wirklichkeit in der Welt und auch wenn Recht gebogen und Gerechtigkeit getrampelt oder mit leeren Worten zerredet wurde, so hatte die Wirklichkeit die unhöfliche Tendenz, wirklich zu sein. Den Händlern im innersten Zirkel des Handelsbundes war dies natürlich schon klar. Und es graute ihnen zutiefst vor dieser Wirklichkeit – nämlich dann, wenn all ihr Reichtum sich eben nur noch als ein bisschen

26

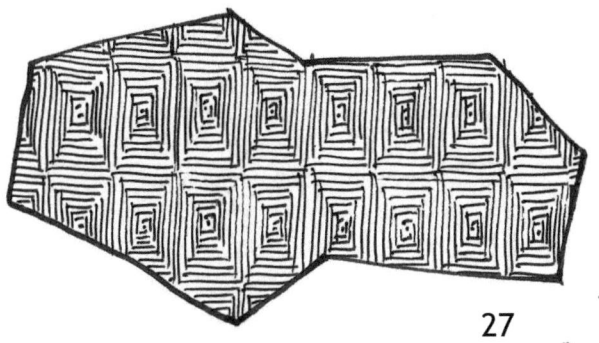

Tinte auf Papier herausstellen könnte. Diese
Wirklichkeit hatte abgeschafft zu werden,
fanden diese Händler unter sich. Also erfanden
findige Händlergesellen einen ersten Trick, das
Ganze abzufedern. Sie erfanden Wertpapiere
auf Kontorhandel, welche sie den gutgläubigen
Bürgern der Stadt Zaunheim mit geschickten
Kniffen andrehten. Sie brachten es tatsächlich
soweit, dass Bürger ihr echtes Geld brachten
und eintauschten für diese Stücke Papier, die
mal in Wert steigen, aber auch mal fallen
konnten. Natürlich würden sie unter dem Strich
immer irgendwie steigen, sonst kämen auch
gutgläubige Drachen irgendwann hinter den
Betrug.

Nun war das mit dem stetigen Ansteigen der
'Wertschöpfung' so eine Sache. Wenn effektiv
mehr produziert wurde, war es einfach. Doch
wenn nicht, wurde es harzig. Also erfanden
die pfiffigen Handelsgesellen einen zweiten
Kniff, indem sie – eigentlich wenig kreativ

– das Schneeballsystem mit den wertlosen Wertpapieren kombinierten. Sie begannen Wertpapiere auf die 'Schöpfung von Wertpapieren' (ein applaudierter Schönwetterbegriff der entsprechenden Zunft, welche nachwievor jedwelchen Schabernack intellektuell zu rechtfertigen hatte) auszustellen. So wurde auf die Möglichkeit einer möglichen Kontorwertschöpfung Wertpapiere ausgestellt, was ja als sich selbst erfüllende Prophezeiung aufgehen musste, da alleine mit dem Ausstellen solcher Papiere der Kontor Wert erschuf.
Erfand?
– Nun gut, anfangs und im kleinen Masse mag dies einigermassen funktionieren. Doch mit der Zeit wurde das Geld, welches so in die Bücher geschrieben wurde gegenüber dem Geld, das tatsächlich Ausdruck existenter, drachischer Arbeit war, dermassen Unproportional, dass es dem innersten Zirkel der Händler nur noch mehr angst und bange wurde. Nach Aussen behaupteten sie natürlich, es wäre immer alles

28

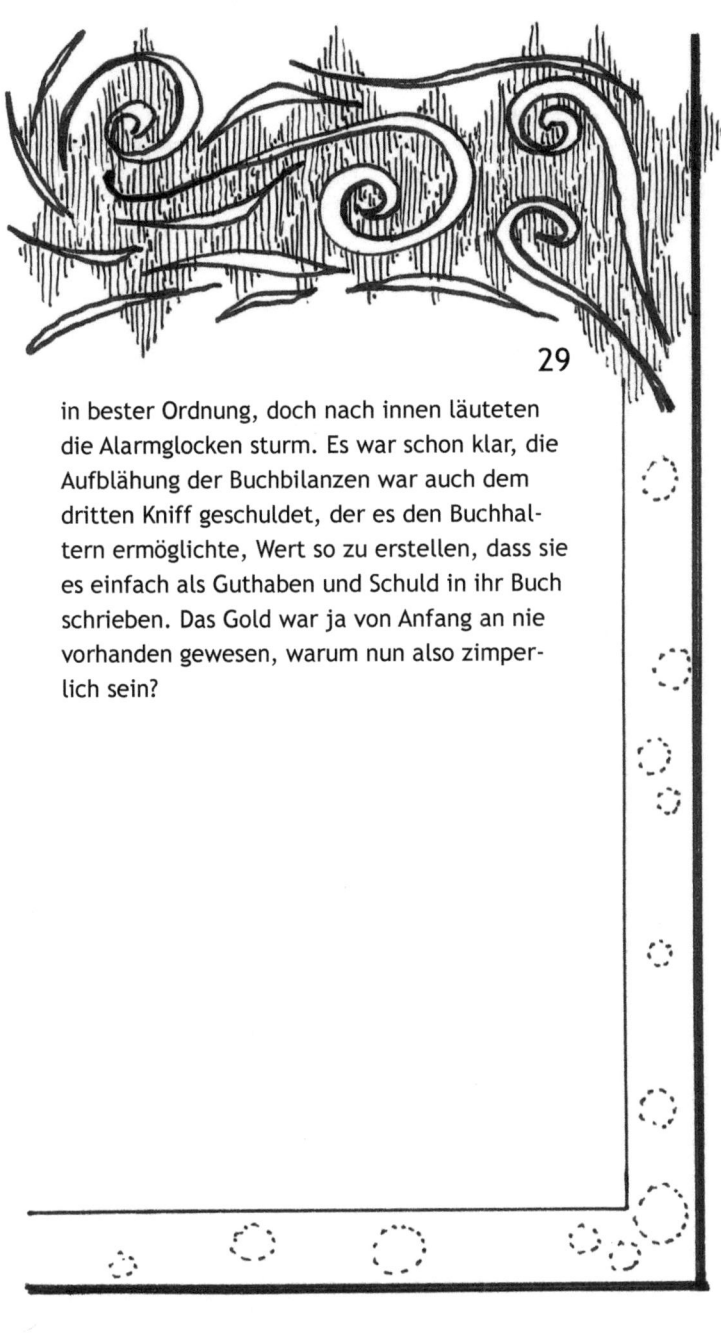

in bester Ordnung, doch nach innen läuteten die Alarmglocken sturm. Es war schon klar, die Aufblähung der Buchbilanzen war auch dem dritten Kniff geschuldet, der es den Buchhaltern ermöglichte, Wert so zu erstellen, dass sie es einfach als Guthaben und Schuld in ihr Buch schrieben. Das Gold war ja von Anfang an nie vorhanden gewesen, warum nun also zimperlich sein?

4. Prek im Glück?

Prek hatte Glück. Bei der Arbeit im Salzhaus
gewahrte ein Händler dessen Verkaufstalent
und stellte ihn umgehend als Wertpapierhändler ein. Bezahlt wurde Prek künftig zwar auch
nur noch in Wertpapieren, doch die Summen
darauf waren so hoch, wie Prek nie verdient
hatte zuvor. Und zumal er einfach zum Geld
darauf kam – es gab immer jemand, der ihm
sein Gold dafür gab. Als Wertpapierhändler war
Prek überdies wirklich tüchtig. Seine sozialen
Fähigkeiten im Umgang mit Kunden liessen
ihn nicht nur gut verkaufen, sondern auch
die Anerkennung der Handelsmeister sichern.
Überhaupt gab es zunehmend viele Wertpapierhändler in Zaunheim. Seit alle Schmieden in
der Schmiedegasse geschlossen wurden, waren
dort Unternehmungen entstanden, welche
ausschliesslich auf den Handel der Wertpapiere

spezialisiert waren und dies auch vermehrt
untereinander betrieben. Die russigen Gesellen waren also bei weitem nicht mehr russig
zu nennen, sondern kamen adrett und sauber
daher und wussten auch immer Bescheid,
auf welche Wertpapiere zu setzten und wo
vielleicht eher nicht. Dass es im Grunde keine
so grosse Rolle spielte, das verstand eigentlich
niemand.

Und natürlich gab es auch noch zerlumpte
Gestallten. Noch und nöcher. Es brauchte sie
ja noch, die Sackschlepper und Gassenkehrer.
Taglöhner und Fassadenputzer für die einfachen Arbeiten. Doch brauchte es nicht mehr
so viele. Denn namhaft produziert wurde ja
nicht mehr in Zaunheim; hier wurde nur noch
konsumiert.

Und wie! Also, alles in Butter? Dank den
wertlosen Wertpapieren, welche die Buchbilanzen aufblähten, gab es eine gutverdienende
Schicht, welche auch ordentlich einkaufte
Markttags – wenn sie auch keine Zeit mehr

hatten für all das, was sie einst neben der Arbeit als sinnvoll ansahen. Dies wurde nun aber durch Konsum ersetzt. Es wurde also tatsächlich meist einfach des Kaufes wegen gekauft und dann irgendein wertloses Gerümpel. Schon gar nicht sowas wie ein gutes Buch. Tatsächlich galt alles, was mit Lesen, sich dadurch innerlich kultivieren und echter Gedankenarbeit einher gehen konnte, als unwert und anstrengend. Unterhaltend musste es sein. Dafür konnte es nicht bunt und blöd genug werden. Warum also nur hielt es sich so erbittert, in den dunklen Gassen, bei den Zerlumpten, jene Legende, dass einst ein güldener Drache käme, das Unrecht zu sühnen?

Doch zurück zu den Händlern. Ihr Erfolg machte ihnen zu schaffen. Von überall her erfuhren sie nur Anerkennung und aus ihnen selbst sprach nur eine unstillbare Gier. Ihr System, das einst so schrill die Alarmglocken schellen liess, erwies sich durch die sich aus-

32

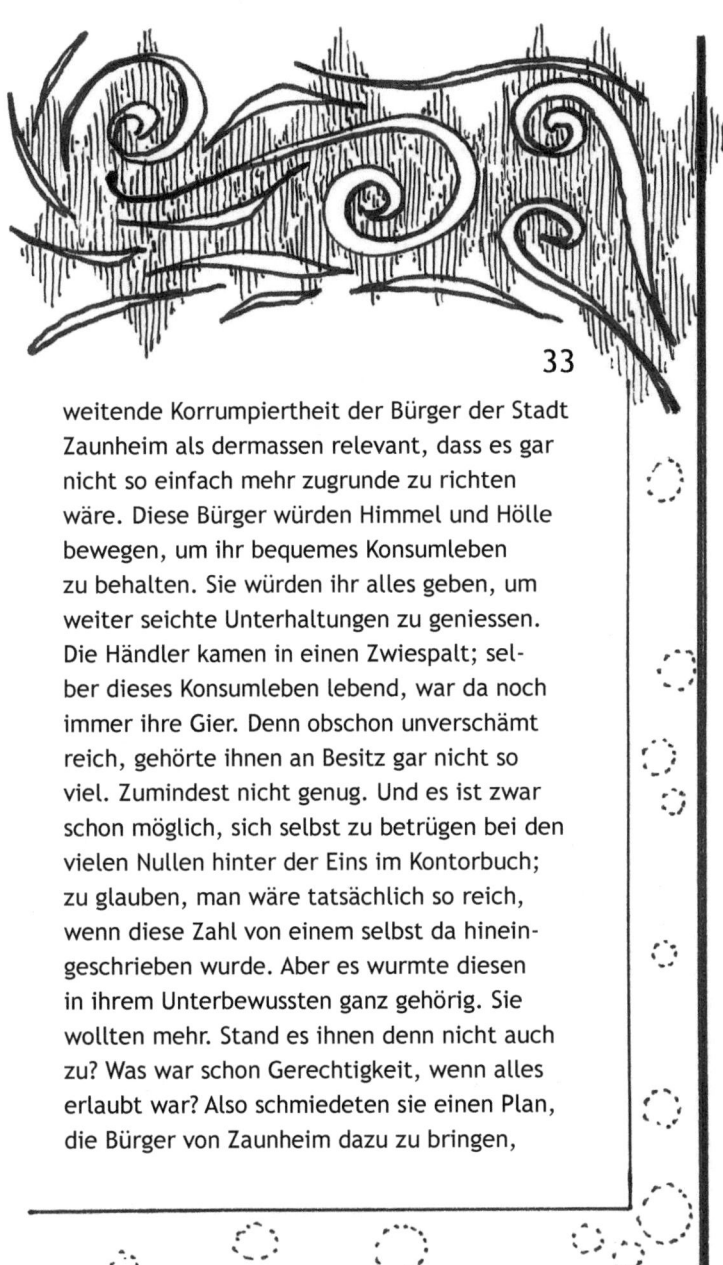

weitende Korrumpiertheit der Bürger der Stadt
Zaunheim als dermassen relevant, dass es gar
nicht so einfach mehr zugrunde zu richten
wäre. Diese Bürger würden Himmel und Hölle
bewegen, um ihr bequemes Konsumleben
zu behalten. Sie würden ihr alles geben, um
weiter seichte Unterhaltungen zu geniessen.
Die Händler kamen in einen Zwiespalt; selber dieses Konsumleben lebend, war da noch
immer ihre Gier. Denn obschon unverschämt
reich, gehörte ihnen an Besitz gar nicht so
viel. Zumindest nicht genug. Und es ist zwar
schon möglich, sich selbst zu betrügen bei den
vielen Nullen hinter der Eins im Kontorbuch;
zu glauben, man wäre tatsächlich so reich,
wenn diese Zahl von einem selbst da hinein-
geschrieben wurde. Aber es wurmte diesen
in ihrem Unterbewussten ganz gehörig. Sie
wollten mehr. Stand es ihnen denn nicht auch
zu? Was war schon Gerechtigkeit, wenn alles
erlaubt war? Also schmiedeten sie einen Plan,
die Bürger von Zaunheim dazu zu bringen,

jetzt nicht nur ihr echtes Gold den Händlern zu überlassen, sondern auch ihr ein und alles, was sie an Häusern und Ländereien besassen. Dies war aber gar nicht so einfach. Mit dem Gold ging das ja noch. Geld ist neutral genug – es genügte, dass nie eine wissende Zunft einen Unterschied sah zwischen dem Geld in den Kontorbüchern und dem Gold aus der Arbeit der Bürger. Also konnte das eine durch das andere ersetzt werden. Doch Grundbesitz war etwas anderes. Selbst wenn die wissenden Zünfte ein besitzloses Ideal nach dem anderen aus dem Boden stampften, blieb die tumbe Masse komisch resistent dagegen. Waren es nicht einst bildungsgläubige Bürger gewesen? War etwa die Degeneriertheit der wissenden Zünfte schon so weit, dass instinktiv alle wussten, es wären nur leere Hülsen, deren Pulver nicht mehr zündete? Also besannen sich die Händler auf ein altes Wort; seid ihr nicht willig, dann brauchen wir Gewalt! Eine Krise musste her, eine, welche Bürgern der Stadt dermassen

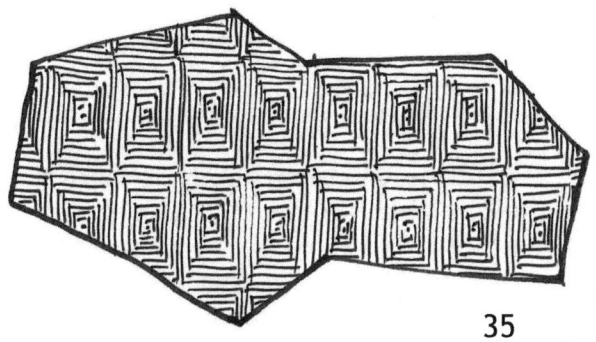

Goldlos machen musste, dass sie ihren Besitz
gegen den Konsum eintauschen würden. Dies
war von den Händlern wirklich klug gedacht.
Also provozierten sie Krisen und sogar Kriege.
Güter wurden plötzlich knapp. Und schwere Er-
schütterungen der Wertschöpfung fanden statt.
Reihum verloren einzelne Bürger alles. Nur die
Handelsfamilien wurden komischerweise immer
fetter dabei. Bald gehörte ihnen schon die
halbe Stadt und Land drum herum.
Doch war es genug? Denn es gab solche kleinen, unscheinbaren Leute wie Prek, die es
schafften, immer irgendwie davon zu kommen.
Prek hatte sogar die Frechheit, seine Seifenproduktion mit Laden wieder neu zu eröffnen
und verwirklichte sich also wiederum dort.
Dank dem Kapital aus dem Wertpapierhandel
konnte er sich nun kleine, lokale Strukturen
aufbauen, um die Ressourcen unabhängig von
der Handelsriege zu erstehen. Es war dermassen alles regional, dass es von den geschürten
Konflikten verschont blieb. Im Gegenteil, er

profitierte sogar davon, als z.B. die Seifen-
lieferungen aus Blütenheim ausblieben, um
seinen Laden neu und prominent zu eröffnen.
So rentierte die Seifenwerkstatt wiederum.
Dieses regionale Kleingewerbe, dass sich mehr
und mehr ausbildete, entzog sich zunehmend
effizient dem Zugriff der Händler. Doch dies
war denen natürlich ein Dorn im Auge. Eine
direkte, wenn auch ungleiche Herausforderung.
Und sie begriffen, dass mit auswärtigen Krisen
diesen Lümmeln nicht beizukommen war. Es
musste also eine gänzlich neue Form der Krise
her. Eine gesellschaftliche. Sozusagen eine
Revolution – von Oben!

Nun mag es sich doch sehr sonderbar ausneh-
men. Diese Händler hatten doch schon ein
unerhörtes Vermögen. Der ganze, nennens-
werte Handel lag in ihrer Hand. Die nennens-
werte Produktion auch. Der beste und schönste
Besitz. Die ganze Schmiedegasse gehörte den
Händlern. Die einst russigen Gesellen waren

36

nun ihre skrupellosesten Wertpapierhändler.
Was denn noch? Was war an sowas wie an einer
kleinen Seifenwerkstatt denn zu wollen, was
Besitz wäre für so ein unverschämt reicher
Händler? Was denn, wenn nicht der ungebro-
chenen Elan Preks? Im Grunde träumten diese
Händler davon, Drachen mit Haut und Haar
zu besitzen. Soweit brachte sie die Gier. Sie
wollten das eins und alles sein der Welt. Der
Nabel der drachischen Landen. Sie wollten die
totale Kontrolle über alles und alle. Und dies
gleisten sie nun auf. Sie fühlten, dass ihr ganzer Besitz wertlos war, weil nirgendwo wirklich
etwas von Wert drinsteckte, das durch Redlich-
keit nur erworben wurde. Es war nur der Glau-
be der Leute, es habe schon seine Richtigkeit
so. Also dachten die Händler, der einzig wahre
Besitz wäre im Grunde Macht! Die Macht allerdings, über alles zu entscheiden in der Welt,
ja bis sogar in so triviale Dinge hinein, was ein
Prek abends in seiner Freizeit zu tun habe und
wann er dann zu Bett zu gehen hätte!

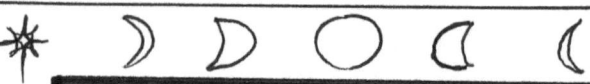

5. Die Revolution von Oben

Wie weit kann Recht gebeugt werden, bis
die Gerechtigkeit bricht? Wie dreist kann die
Gerechtigkeit zum Besten gehalten werden, bis
das Recht dreht? Wo ist er, der güldene Drache,
der endlich aufsteht – ist es nur eine Legende?
Ein jämmerlicher Wunschtraum von Schwachen
und Feigen? Eine leere Drohung von Unterwor-
fenen oder eine alte Weisheit Wissender, weil
sie tiefer in die Geschicke der Welt sahen?

Die Händler – dank den zahllosen Vereinigungen
und Unterbünde, in denen sie sich strukturiert
hatten, war es relativ einfach – organisierten
also ihre Revolution von Oben. Wer sich nun
allerdings solche Händler wie Verschwörer der
ehemals russigen Schmiedegasse vorstellen
würde, die also abgeschieden und im Ge-
heimen ihre Sache planen würden, der dachte

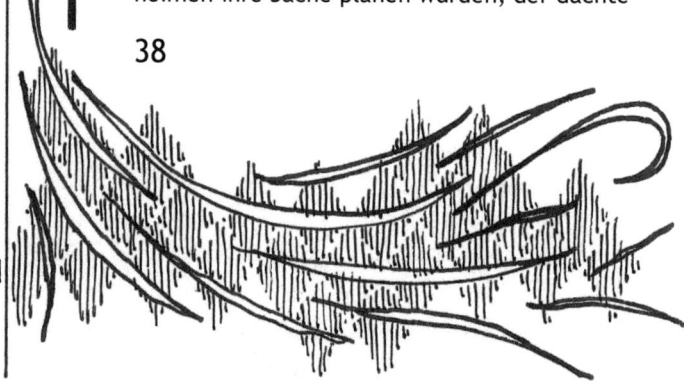

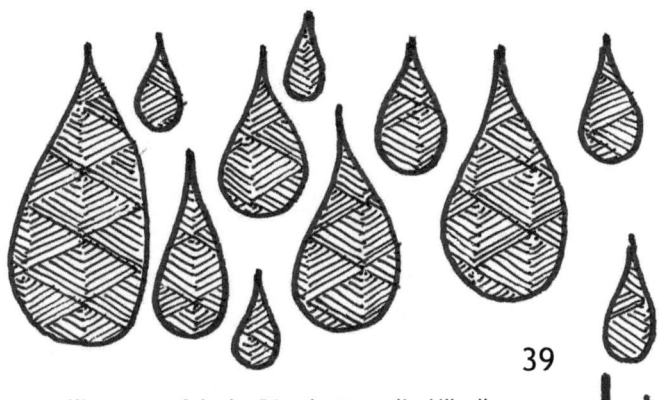

vollkommen falsch. Dies hatten die Händler
schlicht nicht nötig. Auf ihren Wink hin wurden
an den Wirkstätten der wissenden Zünfte in
Vorlesungen darüber debattiert. Sie veranstal-
teten Tagungen, wo sie die Stadtmeister der
Orte im Handelsbund einluden, um sie dort
zu schulen und instruieren. Sie organisierten
Förderprogramme, dass auch nie ein anderer in
irgendeine relevante Machtposition innerhalb
der Gesellschaft käme, als wer ganz bestimmt
einer der ihren. Sie hielten Institute, welche
die Taten dieser öffentlichen Personen bewer-
tete – im gesteigerten Sinne wie schon einst
die 'Qualifizierungen' der Meinungen – und je
nachdem wurde die veröffentlichte Meinung
über das Wirken dieser Personen entsprechend
gelenkt. Kurz und Gut – alles war bereit für
die eine Sache. Die Krise der Krisen. Doch was
könnte es denn sein?
Krieg und Güterverknappung hatten sie schon
ausprobiert. Beides war zwar seinerzeit Effektiv gewesen und hatte zu einem Grossteil des

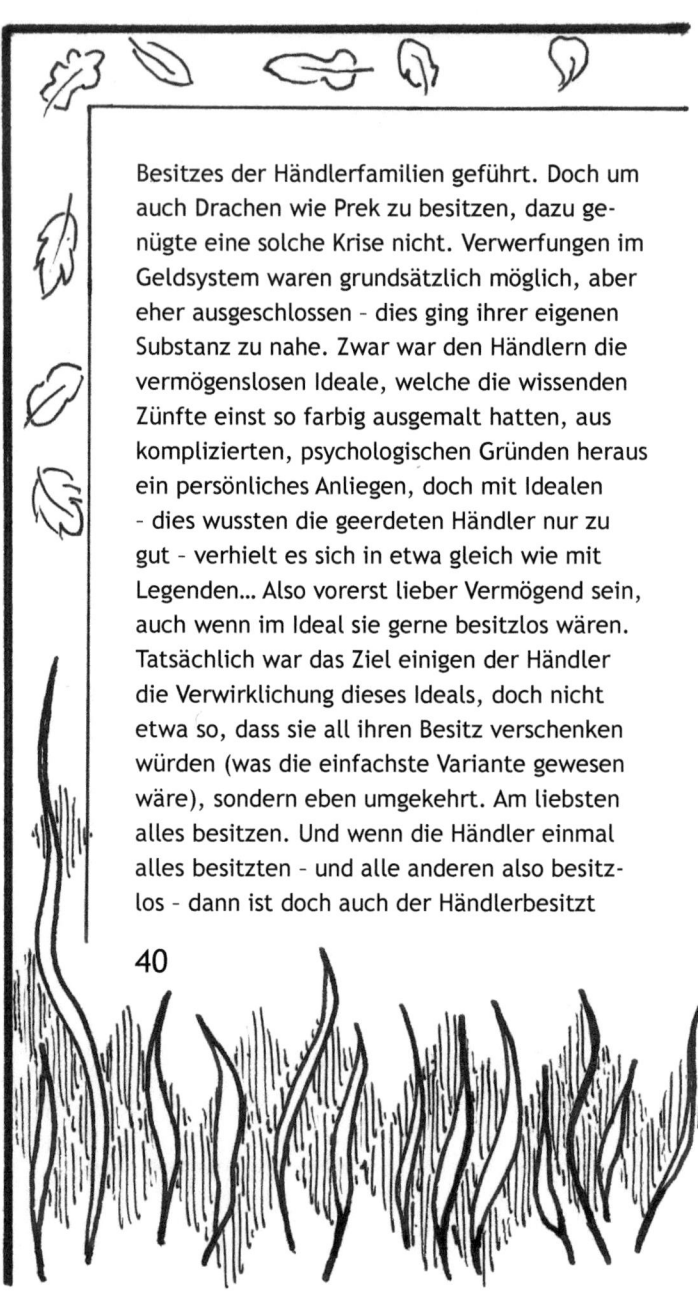

Besitzes der Händlerfamilien geführt. Doch um
auch Drachen wie Prek zu besitzen, dazu genügte eine solche Krise nicht. Verwerfungen im
Geldsystem waren grundsätzlich möglich, aber
eher ausgeschlossen – dies ging ihrer eigenen
Substanz zu nahe. Zwar war den Händlern die
vermögenslosen Ideale, welche die wissenden
Zünfte einst so farbig ausgemalt hatten, aus
komplizierten, psychologischen Gründen heraus
ein persönliches Anliegen, doch mit Idealen
– dies wussten die geerdeten Händler nur zu
gut – verhielt es sich in etwa gleich wie mit
Legenden... Also vorerst lieber Vermögend sein,
auch wenn im Ideal sie gerne besitzlos wären.
Tatsächlich war das Ziel einigen der Händler
die Verwirklichung dieses Ideals, doch nicht
etwa so, dass sie all ihren Besitz verschenken
würden (was die einfachste Variante gewesen
wäre), sondern eben umgekehrt. Am liebsten
alles besitzen. Und wenn die Händler einmal
alles besitzten – und alle anderen also besitzlos – dann ist doch auch der Händlerbesitzt

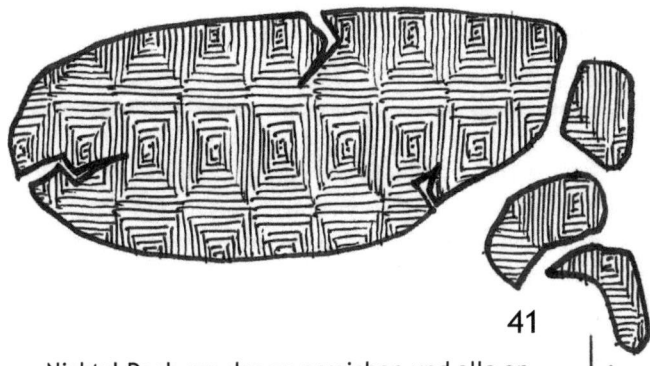

- Nichts! Doch um das zu erreichen und alle anderen besitzlos zu machen, brauchte es Macht. Und was nach dem Erfolg noch bleiben würde, wäre auch Macht. Nun gut, Macht schien das einzig Reale.

Also, was wäre denn geeignet, diese Revolution von Oben anzustossen? Es musste etwas sein, was jeden angehen müsste. Was jeden Drachen in seinem innersten betraf. Was niederste Instinkte aktivieren sollte – besonders die Angst – denn Eingeschüchterten ist am Einfachsten zu befehlen und alles zu nehmen. Macht über sie aus zu üben. Sie zu besitzen. Es sollte über die niedersten Instinkte möglich sein, jeden Drachen in einen Automaten zu verwandeln. In einen gehorchenden Automaten der mächtigen Händler. Denn sie hatten es auch nicht besser verdient. So dachten einige, weil sie meinten, dass diese Unterdrachen wie Prek halt nicht wirklich fähig zur noblen Gier wären. Also wären sie verdammt zur unterjochenden Angst!

Darüber berieten sich also die Händler mit ihren handverlesensten Vertretern der wissenden Zünfte und dort dürfte einer auch die zündende Idee gehabt haben...

Für Prek kam es sehr überraschend. Und mit grosser, innerer Unruhe war er anwesend an jenem Abend bei der Bürgerinformation, als eine sichtlich besorgte Stadtmeisterin persönlich darüber berichtete, dass die Fälle eines plötzlichen Herztodes in Zaunheim ein Mass angenommen hätten, das nicht länger ignoriert werden dürfe. Sekundiert wurde die Stadtmeisterin von einer eigens wegen diesem Gesundheitsnotstand gebildeten Expertengremium. Dieses hatte allerhand Neuigkeiten. Es zeigte Zahlen auf, wie – berechnet aufgrund ihren natürlich sehr seriösen Modellen nach Massgabe der entsprechenden, wissenden Zunft – sich die Fälle der Herztode in Zaunheim entwickeln müsse, wenn, ja, wenn nicht etwas unternommen würde! Das sei ja schrecklich, riefen

42

die überrumpelten Bürger aus, denn nach den
präsentierten Modellen wären innerhalb von
drei Jahren alle Einwohner der Stadt an einem
plötzlichen Herzstillstand gestorben. Tatsächlich kam der ganze Aktionismus dermassen
aus dem Nichts für die Bürger der Stadt, dass
wohl an diesem Abend kaum jemandem auffiel,
dass es nicht weit her sein konnte mit diesen
Modellen. Denn mit der Gesundheit ist es halt
so eine Sache; Ist man guter Gesundheit, ist
alles in Butter, doch fehlt mal irgendwas, ja,
dann ist Feuer im eigenen Dach! Wer will sowas
riskieren? Mit der eigenen Gesundheit orakelte
man nicht leichtfertig.

Der Trick der ganzen Scharade allerdings lag
in der Erklärung, warum nun plötzlich dieser
Gesundheitsnotstand. Es wären die wissenden
Zünfte, die neuerdings herausgefunden hätten,
dass je regionaler ein Drache lebe, desto höher
das Risiko steige, an plötzlichem Herztod zu
sterben. Dies alleine war schon eine Bombe für
die gutgläubigen Stadtbewohner, die in ihrer

Mehrheit nie gross einen Fuss ausserhalb der Stadtmauern gesetzt hatten, geschweige denn je wirklich über die um Zaunheim liegenden Hügelketten. Auch schon alleine ein unschuldiges Treffen von Nachbarn könne dieses Risiko erheblich steigern, sprach der entsprechende Experte ernst, selbst wenn es wohl auf offener Strasse stattfände. Wie genau dies von statten gehe, und was wirklich Auslöser sei, wisse man zwar noch nicht so genau. Es sei bekannt aus der Genealogie der Ahnen, sprach ein anderer gewichtiger Experte zu den mit offenen Mündern dastehenden Drachen, dass diese immer mal wieder lange Wanderschaften unternommen hätten um diesem Herztodschicksal zu entgehen. Auch wären die ursprünglichen Stammeshäuser gerne in luftiger Höhe errichtet worden, wo also der Wind von weit herkam. Tatsächlich sei das mit den Wanderschaften heute aber nicht mehr sicher, da ja regionale Güter in den ganzen drachischen Landen zirkulieren, dank den Händlern. Dies

44

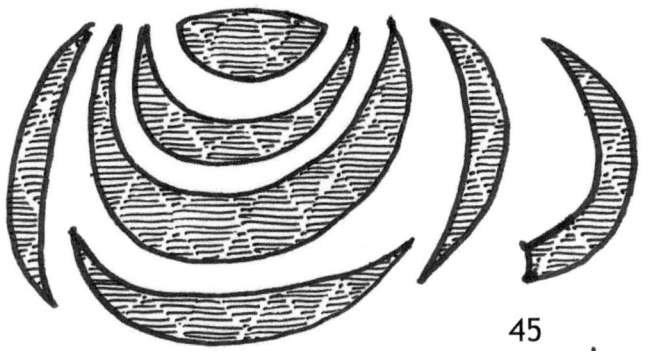

sei auch positiv, da so ja die Regionalität
verringert würde. Doch welch Unglück, würde
jemand nur bis Lichtfall gereist sein, um eben
diesem finsteren und plötzlich auftretenden
Herztodschicksal zu entkommen und dann
dort trotzdem eben an diesem Herzversagen
sterben, weil die konsumierte Gurke aus der
Gärtnerei vor Zaunheim stammen würde. Und
dergleichen Schauermärchen mehr wurde nun
also den braven und erschrockenen Bürgern an
jenem Infoanlass angedreht. So kam es denn
dazu – und dies war der erwünschte Zweck
– dass sich die Bürger in ihren Häusern und
Wohnungen isolierten um dort und mit so wenig
Kontakten zu anderen wie möglich, verängstigt
auf weitere Instruktionen zu warten. Denn auf
diese Weise und besonders ohne die korrigierende, da relativierende Macht des Kollektivs
auf der Strasse und in der Nachbarschaft,
wären die Drachen besser manipulier – und
so steuerbar. Die Kleinstadt glich also dann
bald einem Ort, der unter Kriegsrecht stand,

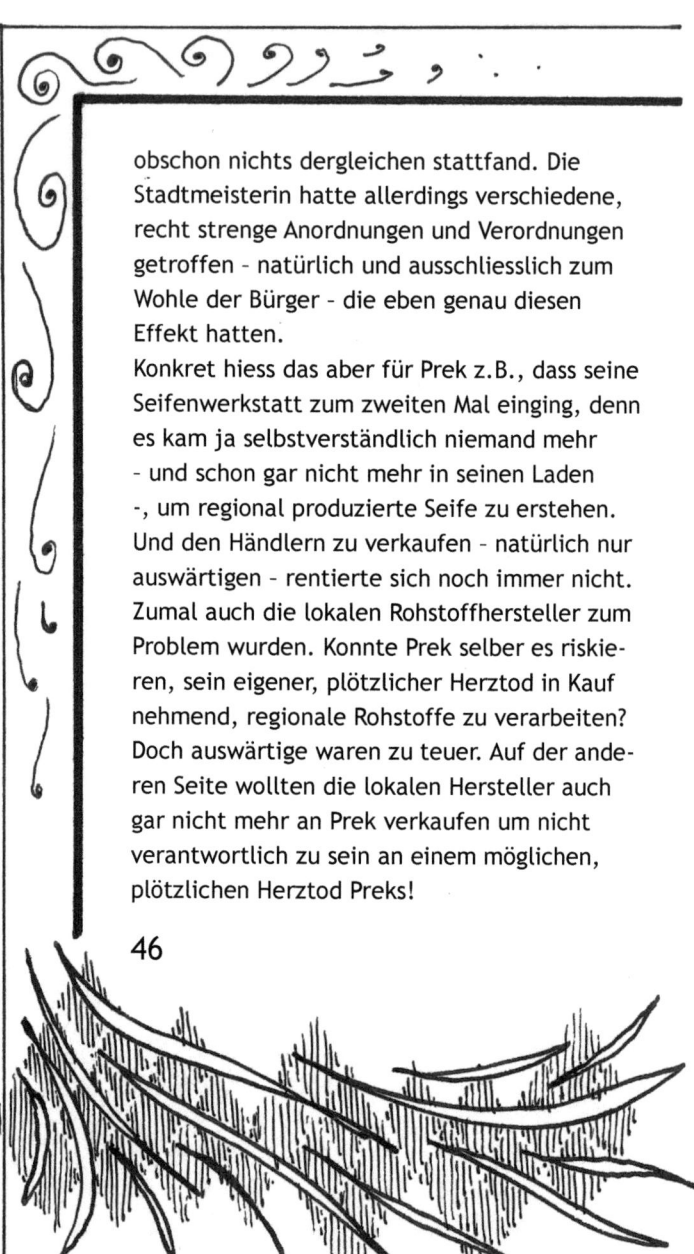

obschon nichts dergleichen stattfand. Die Stadtmeisterin hatte allerdings verschiedene, recht strenge Anordnungen und Verordnungen getroffen – natürlich und ausschliesslich zum Wohle der Bürger – die eben genau diesen Effekt hatten.

Konkret hiess das aber für Prek z.B., dass seine Seifenwerkstatt zum zweiten Mal einging, denn es kam ja selbstverständlich niemand mehr – und schon gar nicht mehr in seinen Laden –, um regional produzierte Seife zu erstehen. Und den Händlern zu verkaufen – natürlich nur auswärtigen – rentierte sich noch immer nicht. Zumal auch die lokalen Rohstoffhersteller zum Problem wurden. Konnte Prek selber es riskieren, sein eigener, plötzlicher Herztod in Kauf nehmend, regionale Rohstoffe zu verarbeiten? Doch auswärtige waren zu teuer. Auf der anderen Seite wollten die lokalen Hersteller auch gar nicht mehr an Prek verkaufen um nicht verantwortlich zu sein an einem möglichen, plötzlichen Herztod Preks!

6. Die grosse Not

Wo blieb da der gesunde Drachenverstand,
werden sich die Lesenden wohl sagen! Diese Erzählung ist doch total Gaga! Überhaupt
unrealistisch. So blöd wäre kein Drache und
dergestalt offenkundig lässt sich die Gerechtigkeit nicht mit Füssen trampeln! Dies wäre so
anmassend plump, dass es die Bewohner von
Zaunheim, wenn sie auf sowas hereinfielen,
gar nicht verdient hätten, dass sie der goldene
Drache, gülden im Licht der aufgehenden
Sonne und im Zorn des Gerechten, aus dieser
Misere befreien würde!
Wirklich?
Es war eben so, dass alle tonangebenden
Grössen der Gesellschaft von Zaunheim da am
Anfang mitmachten. Einige Künstler und 'Li-
teraten' zum Beispiel waren natürlich gekauft
– dies stellte sich später heraus. Andere waren

im Grunde nicht klüger als die überrumpelten Bürger wie z.B. der Tempelvorsteher. Und wollte er nicht immer nur das Beste für seine Drachen? Wer wünscht dem anderen schon ein plötzlicher Herztod! Und wie schon gesagt, das korrigierende, da relativierende Kollektiv auf der Strasse und in den Kneipen wurde ja geschickt ausgehebelt. Die Händler hatten es sich mithilfe ihrer auserlesenen Exponate der wissenden Zünfte schon sehr gründlich überlegt, wie diese Täuschung vorzunehmen wäre. Doch der wichtigste Schritt, das wussten die Händler aus den Studien ein jeder erfolgreichen Revolution, war die Schaffung einerseits von Symbolen – an ihnen liess sich die Zugehörigkeit ersehen (und wer will denn nicht dazu gehören, wenn es um die Rettung der Schwachen und Gefährdeten geht) – und Märtyrern – mit ihnen liess sich jedwelche kritische Stimme mundtot machen. Denn gegen eine Autorität wie der Tod war als braver, kleiner Bürger nicht anzudiskutieren. Also wurden öffentlich die Herztoten

48

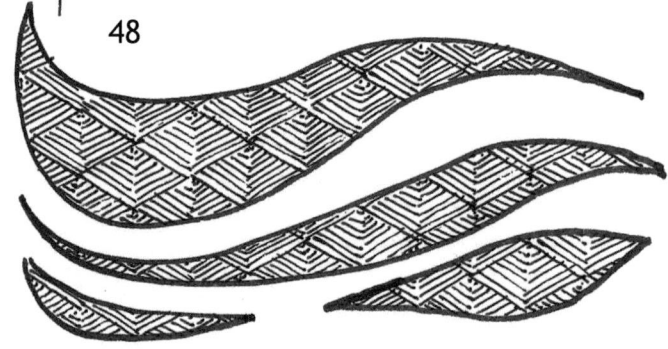

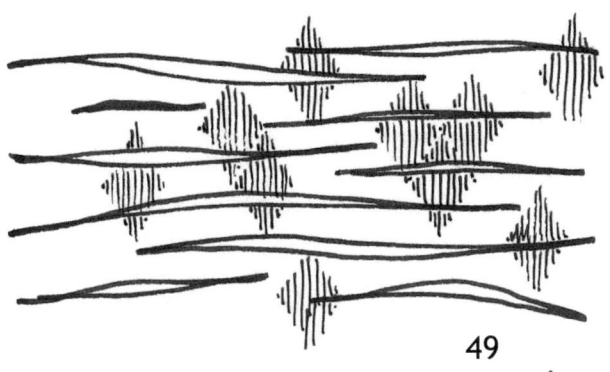

gezählt; wobei jeder als Herztoter galt, der
nicht so offensichtlich an einem anderen Tod
starb, dass der Betrug als solcher zu auffallend
war. Diese gezählten Toten wurden also dann
als Zahl in Rot auf schwarzem Hintergrund
markant und in Übergrösse am Stadthaus auf-
getragen und jede zweite Stunde aktualisiert.
Später wurde dasselbe auch in jeder Gasse und
an allen Türmen der Stadt getan – Freiwillige,
die da mithalfen, gab es in der Fanatisierung
einer zerstückelten, von Strohfeuer ergrif-
fenen Gesellschaft mehr als genug. Zweitens
wurde – da ja einige, lokale Kontakte nicht zu
umgehen waren – darauf bestanden, jedes Mal,
wenn das Haus verlassen würde, einen Schal so
zu tragen, dass die Ohren gut abgedeckt würden. Denn die findigen Experten wollten nun
herausgefunden haben, dass das Gehör, bzw.
die Geräusche aus einer Umgebung besonders
zum Herztod beitragen würden. So wurde der
Notstandschal erfunden, der erst aus eigenen
Stoffbeständen Notbehelfs gebastelt wurden.

Doch waren diese sehr bald verboten, als auswärtige Händler welche aus fremder Produktion liefern konnten. Auch wurde geraten, einen Schal aus hygienischen Gründen kaum mehr als einmal zu tragen, denn es könnten sich lokale Staubpartikel darin festgesetzt haben, die dann natürlich die Wirkung des Notstandschals reduzieren müssten. Die Revolution von Oben war also gut orchestriert und vorbereitet über die ahnungslosen Bürger der Stadt Zaunheim hereingebrochen.

Nun gab es natürlich bald auch Kritiker. Kritische Stimmen – besonders als offenbar wurde, dass die Herztodentwicklung trotz kreativer Zählweise nicht den Verlauf nahm, wie es die Hochrechnung vorher orakelte. Diese Kritiker wurden aber in der grossen Regel nicht gehört, denn weder die städtischen Ausrufer, die durch die Gassen liefen, um die Neuigkeiten zu verbreiten, noch andere Organe, die sonst stolz darauf waren, die Drachen der Stadt stets mit

50

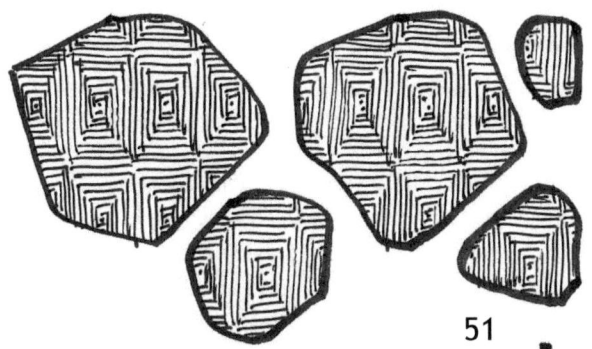

verlässlichen und unabhängigen Neuigkeiten
zu beliefern, durften sich diesen Aussagen
annehmen. Das war ihnen tatsächlich auf solch
geschickte Art und Weise untersagt, dass ihnen
selbst es zum Teil als Zensur gar nicht auffiel
(denn dagegen hätten sie sich gewehrt, sind
sie doch freie Drachen, die sich den Mund nicht
verbieten lassen würden). Und zwar so – es galt
die Rede unter anderem von der Stadtmeisterin persönlich, dass es ja ein gesundheitlicher
Notstand sei. Also keine Tagespolitik und somit
nicht in Frage zu stellen. Das leuchtete doch
ein, immerhin gehe es darum, unschuldige
Drachen vor einem Herztod zu bewahren. Einen
Herztod, von dem unschuldige Drachen keine
Ahnung hätten, weil er plötzlich und einfach
so geschehen könne. Und weil sie keine Ahnung
hätten, diese unschuldigen Drachen, darum
müssten sie etwas bevormundet werden. Es
ist ihnen nicht alles zu zutrauen. Tatsächlich
musste ihnen lediglich vermittelt werden, wie
gefährlich und böse dieser Herztod sei – aus

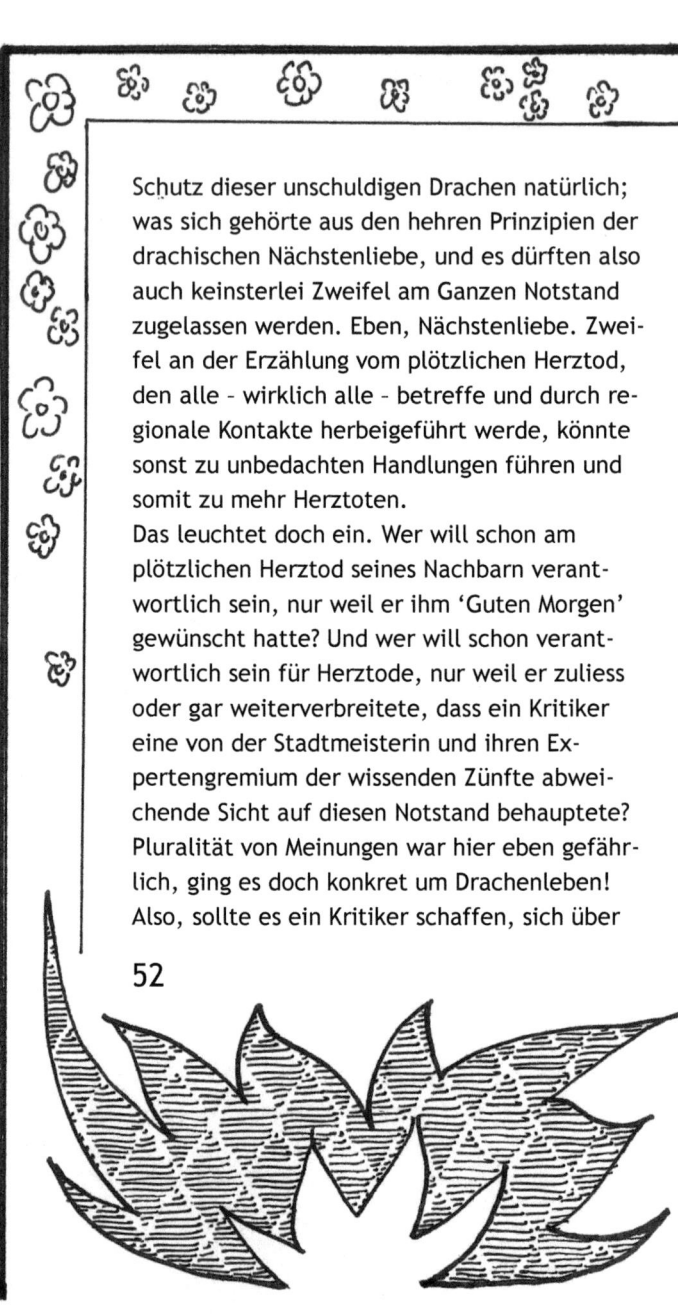

Schutz dieser unschuldigen Drachen natürlich; was sich gehörte aus den hehren Prinzipien der drachischen Nächstenliebe, und es dürften also auch keinsterlei Zweifel am Ganzen Notstand zugelassen werden. Eben, Nächstenliebe. Zweifel an der Erzählung vom plötzlichen Herztod, den alle – wirklich alle – betreffe und durch regionale Kontakte herbeigeführt werde, könnte sonst zu unbedachten Handlungen führen und somit zu mehr Herztoten.

Das leuchtet doch ein. Wer will schon am plötzlichen Herztod seines Nachbarn verantwortlich sein, nur weil er ihm 'Guten Morgen' gewünscht hatte? Und wer will schon verantwortlich sein für Herztode, nur weil er zuliess oder gar weiterverbreitete, dass ein Kritiker eine von der Stadtmeisterin und ihrem Expertengremium der wissenden Zünfte abweichende Sicht auf diesen Notstand behauptete? Pluralität von Meinungen war hier eben gefährlich, ging es doch konkret um Drachenleben! Also, sollte es ein Kritiker schaffen, sich über

52

seine Gasse hinaus Gehör zu verschaffen,
wurde er entweder ins Lächerliche gezogen
oder Kraft Autorität von wissenden Zünften
und von Herztoten 'widerlegt', indem einfach
behauptet wurde, sein Standpunkt hätte weder
Hand noch Fuss (woher wir das bloss kannten?)
und überdies wäre er mit seiner zersetzenden
Haltung unsolidarisch und sogar verantwortlich
für Herztote! Geschickt oder auch weniger,
wurde nachgewiesen, dass es nun gerade
wegen ihm in der Gasse ein Herztoter gegeben
hätte – und wars nicht seine Gasse, dann irgend
eine andere. So genau wusste ja sowieso niemand nichts. Überdies und zwecks kompletter
Verwirrung der Bürger änderte das Expertengremium immer mal wieder ihre Modelle, mit
denen sie die grausame Auslöschung der Stadt-
bevölkerung voraussahen – sie nannten es Aktu-
alisierungen – und entsprechend wurden neue
Verordnungen und Erlasse von der Stadtmeisterin erhoben. Sei es, dass nur noch auf einem
Bein hüpfend die Strasse zu queren sei oder

das strikte Hausverbot – erst nur für eine Woche, doch wurden daraus zwei, drei, neune...
Es wurde immer mal wieder verlängert, natürlich nur aus absoluter Notwendigkeit und weil die Bürger sich zu wenig an die Verordnungen gehalten hätten. Beim striktesten Hausverbot war es dann nur aus absoluter Notwendigkeit, nötige Güter vom fremdländischen Händler zu erstehen, erlaubt das Haus zu verlassen. Doch für die totale Konditionierung der in Geiselhaft Genommenen war bedeutsamer die Phasen von Lockerungen, wenn denn empfunden wurde, dass genügend gehorcht worden sei.

Nun gab es natürlich auch Kritiker, die wirklich eigenartige Ansichten zu vertreten begannen. Es war zwar bis heute nicht ganz klar, ob es wirklich welche gab, die ernsthaft fanden, Drachen könnten gar nicht an Herzversagen sterben oder ob es nur eine geschickte Unterstellung war, um jedwelche Form der Kritik mit etwas, was jedem Drachen so dermassen als Falsch vorkommen musste, in einen Topf

54

werfen zu können um sie so diskreditiert zu
haben. Doch eigentlich gab es viele Kritiker,
die es gar nicht wirklich in Frage stellten, dass
es sich um einen Notstand handelte und stattdessen sowas wie eine Nischenkritik übten. So
wurde z.B. heftig polemisiert, dass es wohl
mehr Herztote durch die Notstandschals gäbe,
da sie sich zu schnell (bei den sauberen Gassen
Zaunheims!) mit regionalem Staub anreichern
würden. Dies hätte nicht nur über das Geruchs-
organ, das ja auch höhere Staubkonzentrate
aufzunehmen hätte wegen des der Schnauze
nahen Schales, ein erhöhtes Risiko zur Folge,
sondern sogar für das Gehör selbst! Denn wenn
ein fremdländischer Handelsgeselle sprach,
würden ja durch die Luftschwingungen auch
die regionalen Partikel im Schal in Bewegung
gesetzt und könnten so ihre unheilbringende
Wirkung aufs Drachenohr vollbringen. Diese
Theorie ging so weit, dass sie die (natürlich
der kreativen Zählweise verdankten) erhöhten
Herzversagen zuvorderst auf Verordnungen der

Stadtmeisterin zurückführten. Auch das auf
einem Bein durch die Gasse hüpfen sei nämlich
kontraindiziert, trage es doch dazu bei, dass
Partikel umso tiefer in die Sohlen des Fusses
gelangten und dort fürs Herz aufs Fatalste
wahrgenommen werden könnten. Die Anhänger
dieser Theorien, welche mit grossen Plakaten,
worauf sie ihre Thesen entwickelten, kommu-
nizierten, nannten sich die Neumeinenden.
Denn sie hatten den Anspruch, ihre Meinung
sei als Neue durchaus von den Altmeinenden
– also eigentlich den verängstigten Bürgern der
Stadt – ernst und zu übernehmen. Denn wenn
es schon keine Meinungspluralität geben sollte,
so sei wenigstens die ihre die richtige. Denn sie
war neu. Und neu war doch irgendwie gut.

Auf der anderen Seite gab es natürlich auch
jene Bürger der Stadt, bei welchen die ganze
offizielle Erzählung voll einschlug. Gerade
wenn sie etwas gebildet waren – oder es sich
gerne einbildeten – empfanden sie all diese

56

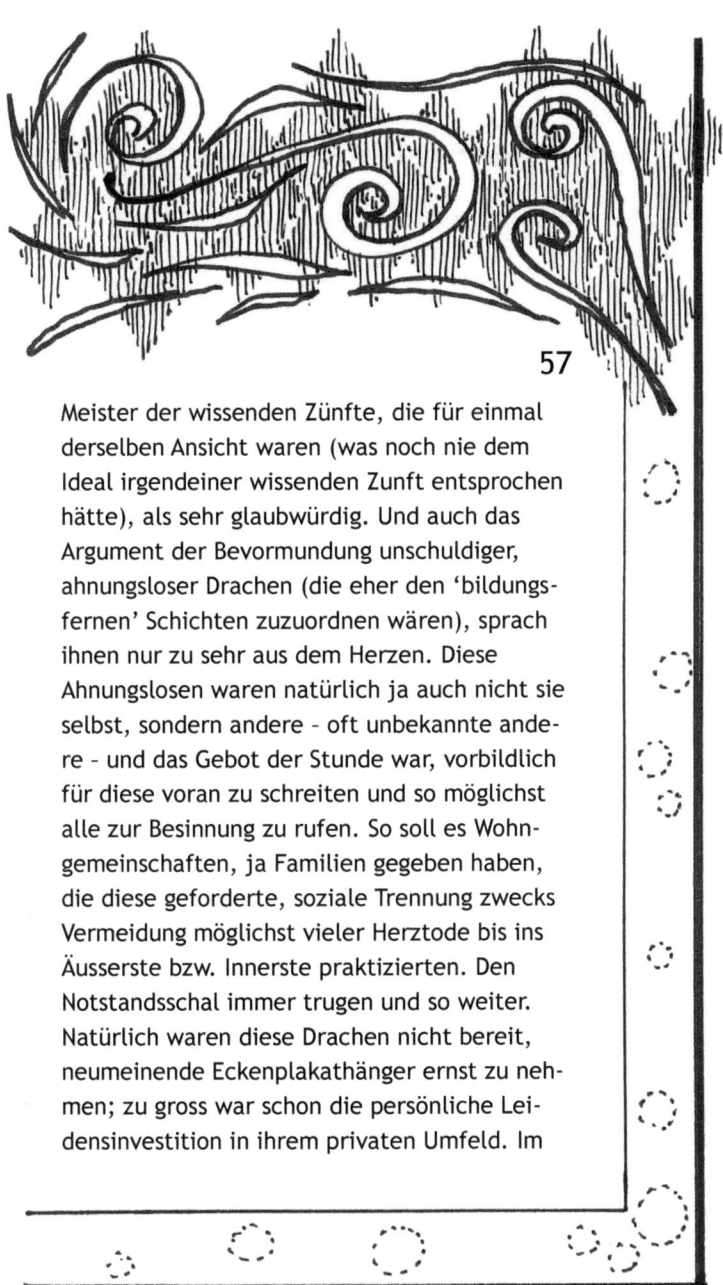

Meister der wissenden Zünfte, die für einmal
derselben Ansicht waren (was noch nie dem
Ideal irgendeiner wissenden Zunft entsprochen
hätte), als sehr glaubwürdig. Und auch das
Argument der Bevormundung unschuldiger,
ahnungsloser Drachen (die eher den 'bildungs-
fernen' Schichten zuzuordnen wären), sprach
ihnen nur zu sehr aus dem Herzen. Diese
Ahnungslosen waren natürlich ja auch nicht sie
selbst, sondern andere – oft unbekannte andere – und das Gebot der Stunde war, vorbildlich
für diese voran zu schreiten und so möglichst
alle zur Besinnung zu rufen. So soll es Wohn-
gemeinschaften, ja Familien gegeben haben,
die diese geforderte, soziale Trennung zwecks
Vermeidung möglichst vieler Herztode bis ins
Äusserste bzw. Innerste praktizierten. Den
Notstandsschal immer trugen und so weiter.
Natürlich waren diese Drachen nicht bereit,
neumeinende Eckenplakathänger ernst zu nehmen; zu gross war schon die persönliche Lei-
densinvestition in ihrem privaten Umfeld. Im

Gegenteil begannen sie andere Drachen auf der Strasse zur Ordnung zu rufen, indem sie diese bei der eigens konzipierten, fremdländischen Stadtwache verzeigten. Und auch die Plakate der Neumeinenden wurden zunehmend mit Farbbomben angegriffen um sie so unleserlich zu machen. Die Stadtmeisterin versuchte wiederholt überhaupt das Aufhängen von Plakaten an der eigenen Hausfassade zu verbieten mit sehr fadenscheinigen Argumenten, doch wäre dies letztlich zum Bumerang für die öffentliche Zählung der Herztoten geworden, die ja auch darauf angewiesen waren, dass sie plakativ in allen Gassen präsent war.

Kurz, die Kacke war bald am Dampfen und die Spaltung der Bürger von Zaunheim perfekt. Auch deshalb, weil, wie gesagt und zu allererst, das regulierende, da relativierende Kollektiv der Bürger effektiv ausgeschaltet wurde. Und so fragten sich die Verzweifelten, stärker denn je, wo er denn wäre, der güldene Held, sie zu erretten aus diesem Leid.

58

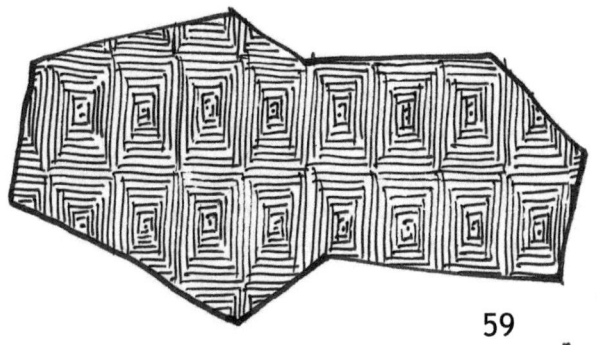

7. Das güldene Frühstück

Prek gehörte zu jenen Verzweifelten. So
sehr – und seit er wieder als Sackschlepper
im Salzhaus sich ein Auskommen erarbeiten
musste – er für die Neumeinenden Sympathien
hegte, verstand er instinktiv auch, um welchen
Stumpfsinn es sich bei ihren Theorien handelte.
Sie waren keinen Deut besser als die offizielle
Verlautbarung, auch weil sie sich genauso auf
dessen falschen Grundlage bewegten. Taten sie
dies, um mögliche Zweifler in den Reihen der
Bürger zu erreichen, die bisher eher unkritisch
bzw. gutgläubig der offiziellen Erzählung gegenüber waren, so blieben Lügen halt einfach
Lügen, selbst wenn darauf hingewiesen wurde,
während man sie dennoch darauf basierte. Prek
wusste eigentlich gar nicht mehr, wem oder
was er noch glauben konnte. War das Risiko
eines plötzlichen Herztodes auch für ihn real?

Wurde es durch regionale Eindrücke erhöht?
Prek wusste z.B., dass die allermeisten Drachen vom Stamm der Dolenkelche nie wirklich
den Dolenberg verlassen hatten und trotzdem
ein normales, langes Leben bis in ein gutes ho-
hes Alter hinauf lebten, wo sie dann vielleicht
schon eines Herztodes, oder vielleicht auch
aus ganz anderen Gründen starben. Auch lag
ihr Stammhaus sehr gut Windgeschützt in einer
Mulde. – Hatte sich seit Beginn des Notstandes
wirklich etwas daran geändert oder wurde nun
einfach und mit einer gewissen hysterischen
Übertreibung hingesehen, wie es sehr alte Drachen dahinraffte? Prek wusste wirklich keine
Antwort. Er fühlte, dass es doch etwas sehr
Komisches gab, seit und wie das Ganze vorging.
Er hörte vom tragischen Tod des Herrn Trumhil,
der ja an eben jenem ominösen Herzversagen
gestorben wäre. Eigentlich wäre Prek sehr
gerne an die Abdankung gegangen, doch die
Notstandsmassnahmen erlaubten es nicht. Prek
hätte auch gerne über diesen Tod sowie übers

Leben von Herrn Trumhil mit anderen Drachen gesprochen. Vielleicht in einem persönlichen Gespräch mit Nahestehenden – es musste ja nicht einmal jemand vom Stamm sein; Herr Trumhil hatte auch Freunde in der Stadt, die er regelmässig besuchte – zumindest vor dem Notstand. Doch seither hatten diese den alten Drachen kaum mehr zu Gesicht bekommen. So sagte es der Alte Brom, an dem Prek zufällig vorbei hüpfte. Herr Brom pflegte jahrelang mit Herrn Trumhil Karten zu spielen, wenn dieser in die Stadt kam.

Auf dem Dolenberg sei es halt auch oft sehr einsam, lispelte der Alte, bevor er sich den Schal wieder fest über die Ohren zog und hastig seines Weges weiter hüpfte.

Dies alles machte Prek traurig, aber auch etwas wütend. Denn all die Voraussagen der Experten trafen ja nie wirklich auch nur annähernd ein. Mehr noch, sie wurden einfach geändert, jedoch nie in realistischer Art und Weise. Doch auf diesen Verlautbarungen wurden Verordnungen getroffen, die unter anderem dafür sorgten, dass Prek zum Zweiten Mal in seinem Leben seinen Lebenstraum aufgeben musste. Anstelle aber, dass offen zu all den offenkundigen Falschvoraussagen gestanden worden wäre um es auch zukünftig besser zu machen – Notstand hin oder her – gab es nie auch nur ein Anzeichen von Entschuldigungen oder dergleichen Eingeständnissen, die wiederum Balsam für Preks gequälte Seele gewesen wären und auch viel verloren gegangenes Vertrauen wiederhergestellt hätte. Stattdessen gab es einfach neue Schwindeleien als Modelle und neue fantastische Erklärungen um eine sich absolutistisch gebärende Stadtmeisterin zu erlauben, ihr mal strenges, mal freundliches Monarchengesicht zu zeigen, wenn sie z.B. den Drachen in der Blaugasse verbot, selbstgebackene Kuchen zu essen, oder aber den Drachen der Münz- und Schmiedegasse erlaubte, dort auf beiden Füssen zu gehen.

62

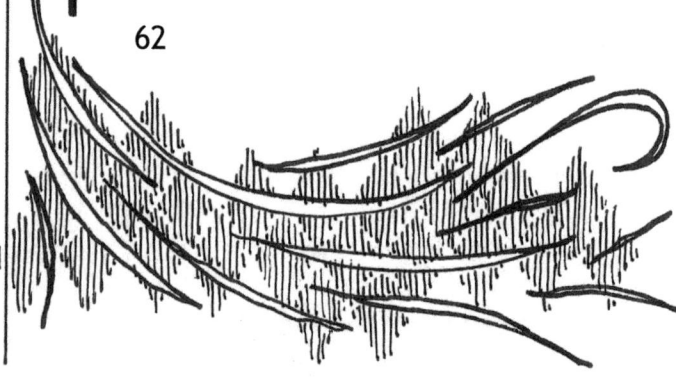

Prek zweifelte ernsthaft, dass es eine entschei-
dende Rolle spielte, ob man hüpfend oder mit
zwei Beinen die Gasse quert für ein mögliches
Herztodszenario. Oder dass Kuchen, abgese-
hen von einem zu hohen Fettanteil vielleicht,
zu Herzversagen führen würden – bzw. dass
es einen Unterschied machte, ob sie aus dem
eigenen Ofen oder aus einem aus der Nach-
barstadt stammten diesbezüglich. Überhaupt
waren die Verordnungen dergestalt absurd und
der Rhythmus, wie sie erlassen und verlängert
wurden, dermassen Willkürlich, dass Prek eher
daran glaubte, dass der wahre Notstand der an
Mangel an gesundem Drachenverstand wäre.
Doch wozu der ganze Schwachsinn? Warum das
ganze Geschwindel und Getue? Was gewann
eine Stadtmeisterin und die sie beratenden
Experten der wissenden Zünfte nur von all
diesen Absurditäten? Dies war es, was Prek am
tiefsten erschütterte. Er wollte und konnte es
sich nicht so einfach erklären, wie es sich die
Neumeinenden machten, indem sie lediglich

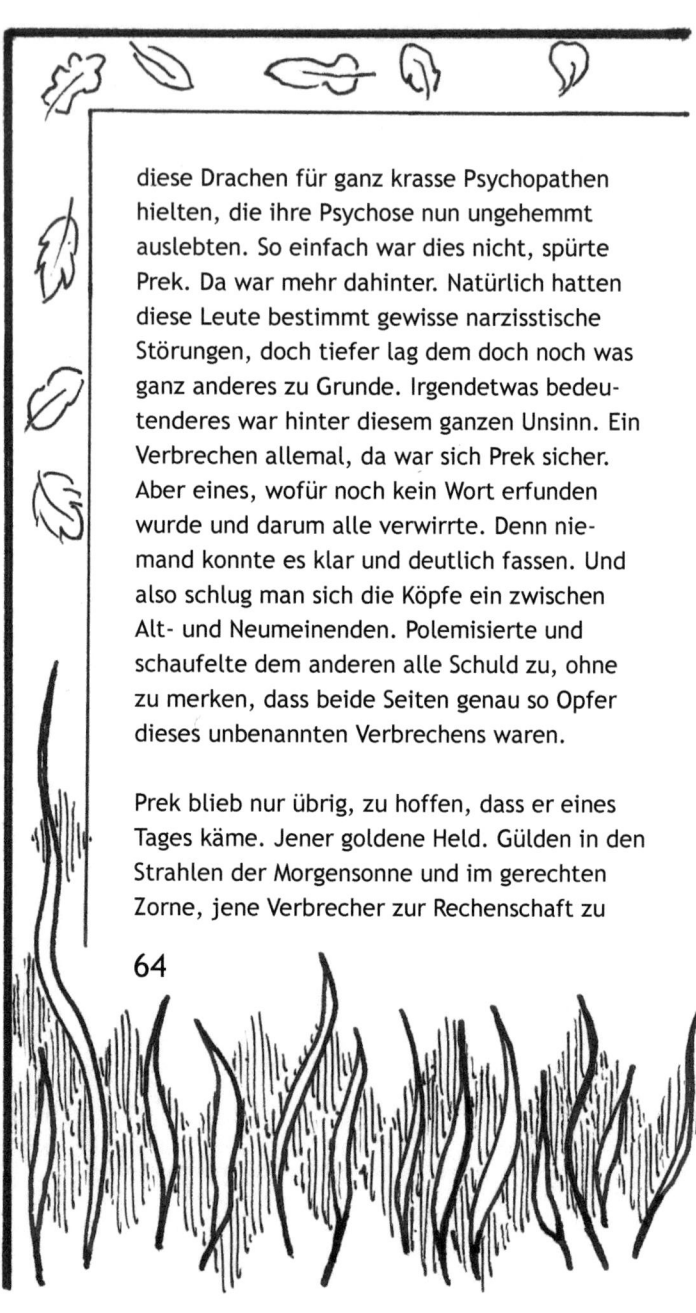

diese Drachen für ganz krasse Psychopathen
hielten, die ihre Psychose nun ungehemmt
auslebten. So einfach war dies nicht, spürte
Prek. Da war mehr dahinter. Natürlich hatten
diese Leute bestimmt gewisse narzisstische
Störungen, doch tiefer lag dem doch noch was
ganz anderes zu Grunde. Irgendetwas bedeu-
tenderes war hinter diesem ganzen Unsinn. Ein
Verbrechen allemal, da war sich Prek sicher.
Aber eines, wofür noch kein Wort erfunden
wurde und darum alle verwirrte. Denn niemand konnte es klar und deutlich fassen. Und
also schlug man sich die Köpfe ein zwischen
Alt- und Neumeinenden. Polemisierte und
schaufelte dem anderen alle Schuld zu, ohne
zu merken, dass beide Seiten genau so Opfer
dieses unbenannten Verbrechens waren.

Prek blieb nur übrig, zu hoffen, dass er eines
Tages käme. Jener goldene Held. Gülden in den
Strahlen der Morgensonne und im gerechten
Zorne, jene Verbrecher zur Rechenschaft zu

64

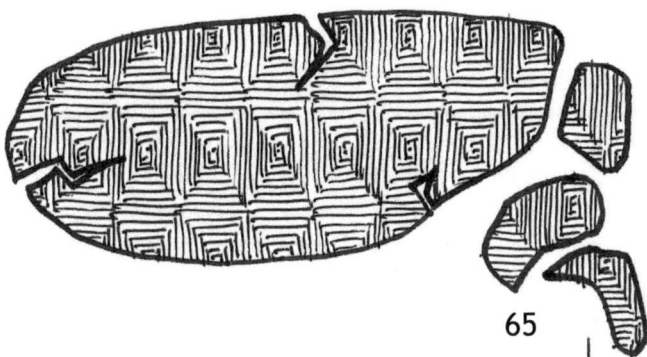

ziehen, die das zu verantworten hatten. Und mit knirschenden Zähnen und der Faust im Verborgenen hüpfte Prek also jeden Tag brav ins Salzhaus zur Arbeit, liess sich jeden erdenklichen Schwachsinn vorschreiben, nur um sich erklären zu lassen, dass es dieser Schwachsinn alleine wäre, der verhindert hätte, dass die Modelle noch nie eingetroffen wären und dass er aber als undankbarer Drache Massnahmenmüde wäre und sich also noch etwas mehr anzustrengen hätte. Bald wäre alles überstanden, dann sei der Notstand vorübergehend vorbei. Ja, nur vorübergehend, denn die Händler hatten natürlich nie vor, ihn wirklich auf zu heben. Zu sehr diente er ihren Zwecken. Endlich konnten sie alles tun, was sie wollten; jedem Drachen der Stadt vorschreiben, wo er was zu kaufen habe und wie zu konsumieren wäre. Werbung war gestern, heute galt Konsumvorschrift! Gleichzeitig half es, all jene Existenzen zu vernichten, die tatsächlich von den Händlern unabhängig waren. Die Händler wähnten sich ihrer Ziele so nahe wie nie. Ihr Ziel der totalen Kontrolle. Der ultimativen Macht, wie es sie in den drachischen Landen noch nie je gab. Eine Machtausübung, die in den Augen der Händler deswegen als so sicher galt, weil die dummbraven Drachenbürger nach wie vor glaubten, die Macht läge in ihren, bzw. in den Händen der von ihnen gewählten Stadt-meistern, wo diese doch lediglich Handlanger der Händlerriege war. Die Stadtmeisterin war doch nur die Geschäftsführerin der Händler um die in Zaunheim ansässigen Drachen als deren Unterfangen – sprich als Eigentum der Händler zu verstehender Besitz - zu verwalten. Dies war jedoch bloss der erste Schritt. Das Kontrollbe-dürfnis wie die Gier der Händler war nicht nur bodenlos, sie waren auch beliebig ausbaubar. Doch empfand die Handelsriege, dass sie ihr vorläufiges Resultat dieser so erfolgreich ge-tanen Revolution von Oben, durchaus zu feiern hätten. So organisierten sie ein gemeinsames Frühstück im ganz engen Kreis. Frühstück

66

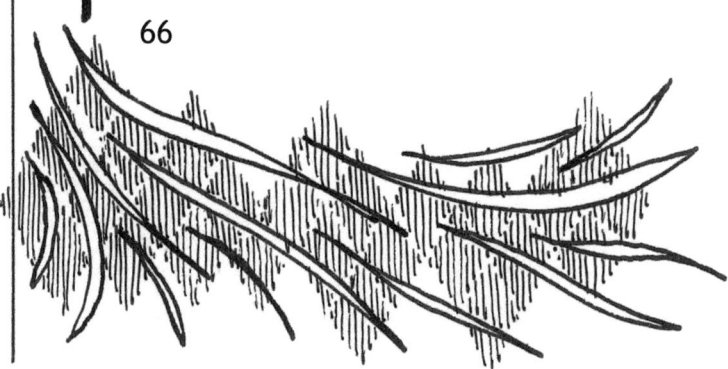

war natürlich durchaus symbolisch gedacht,
denn diese Revolution von Oben sollte ja erst
der Anfang sein. Also wurden diskrete, aber
fulminante Vorbereitungen getroffen. Natürlich
durfte die Öffentlichkeit gar rein nichts davon
erfahren, dass die Handelsfamilien in einem
Garten ihrer Residenzen so etwas veranstalten
würden. Sie limitierten die Bediensteten auf
eine möglichst kleine Anzahl und nur welche,
die mit den Familien kaum bekannt waren,
doch auch zuverlässig schienen. So kam es,
dass Prek aus dem Salzhaus abkommandiert
wurde, um an jenem Frühstück als Bedienste-
ter zu arbeiten. Schien er nicht einfältig genug
und hielt er sich nicht an all die dämlichen
Verordnungen? Die natürlich in der Residenz
nicht galten. Zumindest nicht für die Händler.
Prek war sonderbar verblüfft. Und wie er diese
Herrschaften da so sitzen sah, mit Schinken
vom Dolenberg und Eiern aus der Scheibengas-
se, da dämmerte es ihm gewaltig!

Es hiess, der güldene Drache sei leibhaftig an jenem Morgen erschienen. Zornig und golden im Lichte der aufgehenden Sonne schwang er den Stock des Gerechten und prügelte die überraschten wie verdutzten Händler windelweich. Diese habgierigen Händler, über all ihren Erfolg feist und faul geworden, hatten diesem Orkan nichts entgegen zu stemmen. Also gaben sie klein bei. Nur um mit Kopf und Kragen davon zu kommen, willigten sie ein, mit grossen Plakaten um ihren Hals durch die Gassen von Zaunheim zu laufen und ihre Schuld vollkommen einzugestehen. Was rieben sich die verschlafenen Bürger nur die Augen. Und Zaunheim erwachte aus seinem langen Alptraum. Viele Fragen wurden gestellt, die überfällig waren und all die schmutzigen Details kamen ans Licht. Manch einer der beteiligten Drachen landeten im Kerker oder mussten gar in Schande auf ewig die Stadt verlassen. Ja, auf einmal war der Bann gebrochen und der Fluch der Gier ebenso. Der Ruf der Wissenden Zünfte war

68

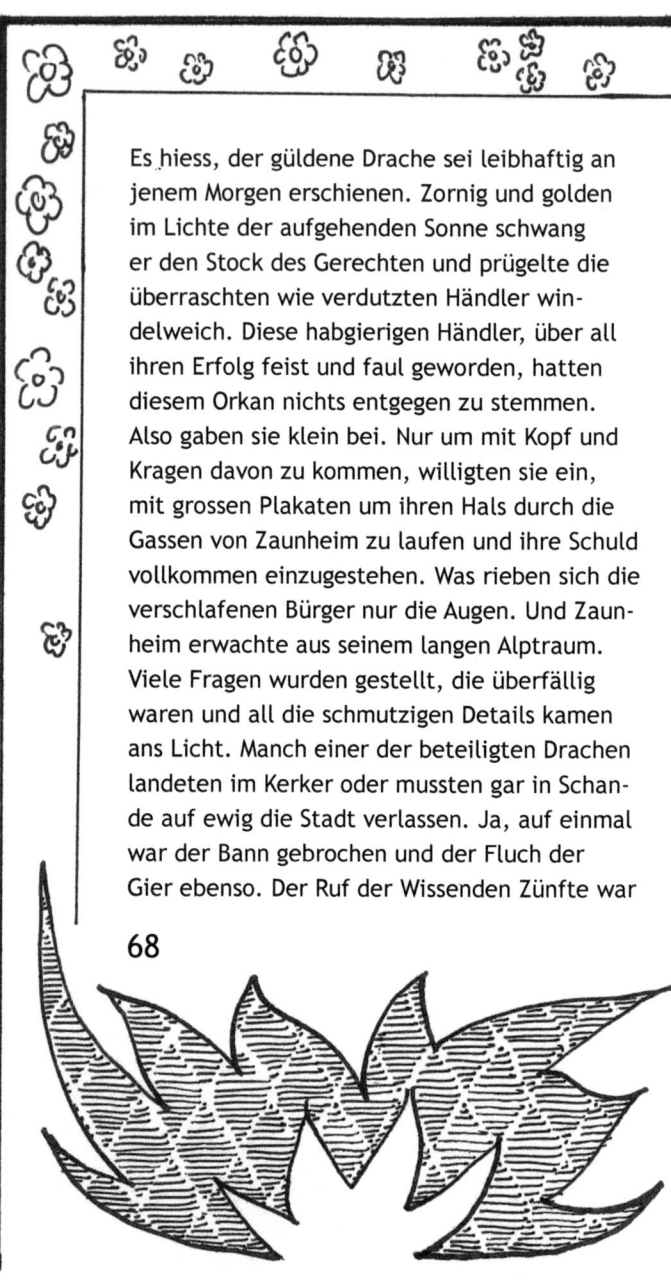

dermassen angezählt, dass viele sich einfach
auflösen mussten um das Denken grundsätzlich
neu zu erlernen.

Hatten am Ende die Händler doch alles so
wohl durchdacht, so viel Verwirrung gestiftet
und dennoch machte ein einfacher Drache
zur richtigen Zeit am richtigen Ort ihnen alles
zunichte. Der goldene Drache, der im Zorne
des Gerechten die Händler in deren Garten so
windelweich klopfte, der wurde jedoch seit
jenem Tage in Zaunheim nicht mehr gesehen.

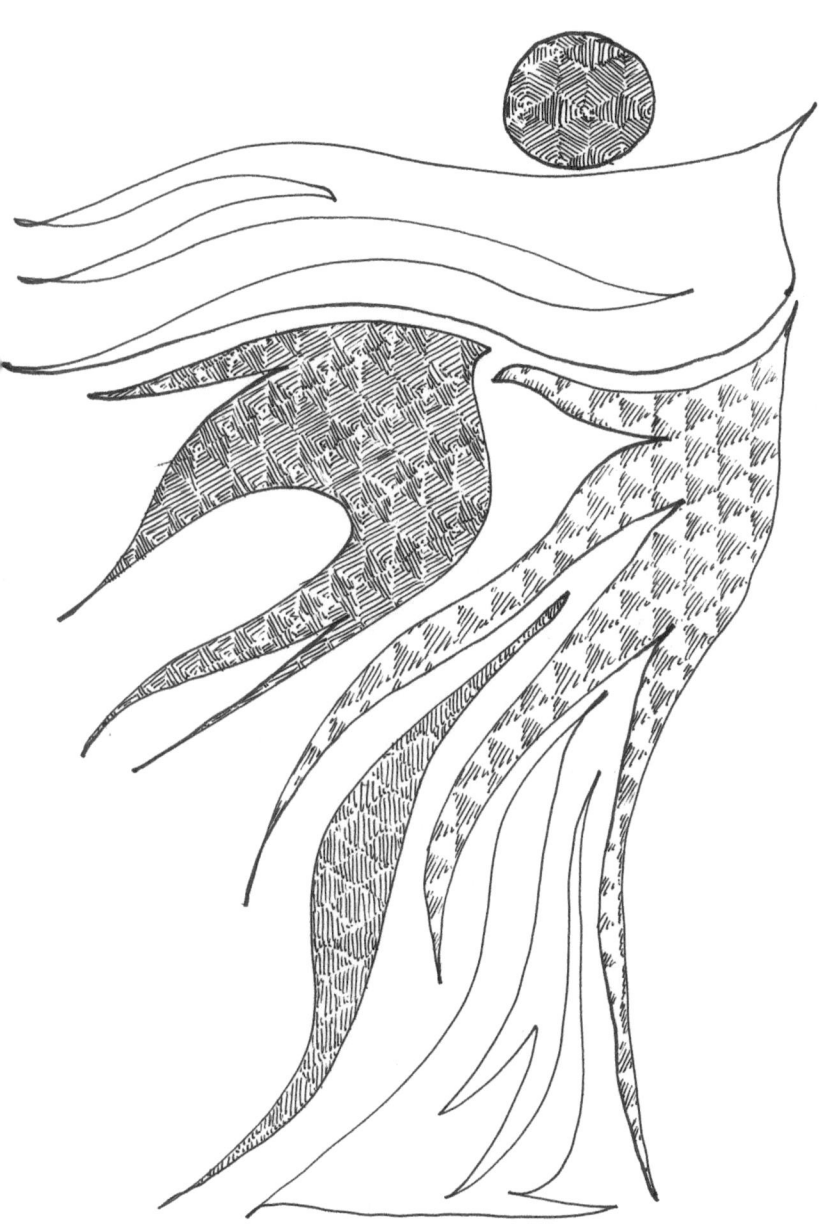